I0556959

www.ingramcontent.com/pod-product-compliance
Lightning Source LLC
Chambersburg PA
CBHW072044170626
46811CB00008B/3148
9781005251819

نقطة التماس

إعداد وتحرير: رأفت علام

مكتبة المشرق الإلكترونية

صدر في فبراير ٢٠٢١ عن مكتبة المشرق الإلكترونية – مصر

Table of Contents

نقطة التماس
المستحيل

انسابت أشعة الشمس كشلال من ذهب، على مدينة (نيويورك) الأمريكية، في لحظات الشروق الأولى، وامتدت ظلال ناطحات السحب العملاقة لمئات الأمتار، والشفق يتألق بأضواء مبهرة، بدت وكأنها تنبع من أعماق المحيط، الذي بدا كدائرة هائلة، تشغل الأفق كله..

وفي بطء، راحت الشمس تصعد إلى السماء، معلنة مولد يوم جديد، وغمرت المدينة بنورها ودقتها، في تلك الفترة من الصيف، فدب النشاط في الطرقات، وراح الجميع يستعدون لبدء أعمالهم، والقيام بواجباتهم المعتادة..

وفوق سطح مركز التجارة العالمي، أعلى بناء في (نيويورك) في الوقت الحالي، ضمَّ (زاهر مطاوع) جفنيه في قوة، ومط شفتيه في استنكار، عندما سقطت أشعة الشمس على وجهه، وزمجر في غضب، مغمغمًا:

- من فتح النافذة؟!

ألقى السؤال دون أن ينتظر جوابًا، وتثاءب في قوة، ثم اعتدل وهو ينقلب؛ ليرقد على جانبه الأيسر، ويستكمل ذلك الحلم، الذي ملأ اللحظات الأخيرة لنومه..

لم يكن الحلم جميلًا أو ممتعًا، ولكنه، وعلى الرغم من هذا، ترك نفسه يغوص فيه لدقيقة أخرى، والخدر يسري في جسده، ويدفعه إلى الاستغراق في النوم أكثر وأكثر..

وانتهى الحلم، كما تنتهي كل الأحلام، دون أن تنحسم الأمور فيه، أو تهبط كلمة النهاية، فتثاءب مرة أخرى، وكرر في غضب أكثر:

- من فتح النافذة؟!

كانت أشعة الشمس تغمر وجهه كله في تلك اللحظة، فمال بوجهه، ورفع كفه إليه، ليحجب عنه الضوء، ويده الأخرى تبحث عن الغطاء بلا جدوى..

يا لها من بداية سخيفة ليوم جديد..

يوم من تلك الأيام، التي ينبغي عليه فيها أن يخرج لمواصلة البحث عن عمل، كما يفعل منذ أكثر من عام كامل، بعد تخرجه من كلية العلوم..

وهو يكاد يعرف ما ستنتهى إليه الأمور..

فشل، وإحباط، وشعور مؤلم بالمرارة والضياع، وباليأس من تحقيق حلم حياته..
أن يتزوج (منى)..
لقد ارتبط بها وارتبطت به، منذ عامها الأوَّل في الكلية، وراح حبهما ينمو مع أحلامهما، طوال سنوات الدراسة، حتى تخرجا معا وتصورا أن حصولهما على الشهادة هو نهاية مرحلة الانتظار، والخطوة الأولى في سبيل تحقيق حلم الزواج.
ولكن واقع الحياة صدم أحلامهما بمنتهى العنف والقسوة..
بل حطمها بلا رحمة أو هوادة.
لقد أدركا، بعد شهر واحد من التخرج، أن الشهادة ليست السبيل لتحقيق الحلم..
المهم هو أن يعثرا على عمل..
وعلى دخل محترم..
ولم يكن ذلك أمرًا هينًا أو بسيطًا..
إنه مشكلة هائلة..
مشكلة تحتاج إلى معجزة بكل المقاييس..
لقد تخرجا في قسم الجيولوجيا، ولا أحد يرغب في تعيين خريجي ذاك القسم..
لا شركات البترول، أو المناجم.
أو حتى المدارس الصغيرة.
الكل يتصرف وكان ذلك القسم استثنائي، أو تكميلي..
أو أنه مجرَّد إضافة طريفة لكليات العلوم في الجامعات..
ولكن خريجية لا يحملون مسوغات تعيين كافية أو مناسبة..
وفي البداية، استنكر كلاهما هذا الأمر، واستهجنه، وراحا يناقشان مع كل من يرفضها، ويجادلانه ويحاورانه.
وبعد ستة أشهر فحسب، أصبحا يكتفيان بالصمت والأسف..
ثم انهارت (منى)..
صدمها الرفض ذات يوم، فبكت وتألمت، وأعلنت يأسها، وانسحابها من رحلة البحث عن عمل، وقررت مساندة (زاهر) في رحلته فحسب.
ومنذ ذلك الحين وهو يتعذب أكثر..
لقد ظل الموقف على ما هو عليه..

مجرَّد أداء نمطي، يتكرر كل يوم..
يستيقظ، ويتناول طعام الإفطار، ثم يخرج للبحث عن عمل، حتى يضنيه التعب، فيعود إلى المنزل محبطًا يائسًا حزينًا ويجري اتصالًا هاتفيًا قصيرًا مع (منى)، يبدأ بسؤال ملهوف منها، وينتهي بعبارة مواساة حزينة..
نمط صار يتكرر كثيرًا، حتى أصابه اليأس والإعياء، ولم يعد يجد فائدة في كل ما يفعله أو يحاوله..
انتزعه هدير مروحة هليوكوبتر من أفكاره، فرفع حاجبيه، دون أن يفتح عينيه، وتساءل عما تفعله هليوكوبتر، في مثل هذا المكان، وبحثت يده مرة أخرى عن الغطاء دون جدوى، فضم ركبتيه إلى صدره و عقد ساعديه أمام صدره، وحاول أن يتجاهل هدير الهلوكوبتر ليواصل النوم، و..
"أنت هناك.. ماذا تفعل عندك؟!.."
اخترق النداء أذنيه في عنف، فانعقد حاجباه في شدة، وتساءل: من هذا الذي يستخدم مكبرًا صوتيًا، ويتحدث بالإنجليزية على هذا النحو؟!
"أنت هناك.. أفصح عن هويتك، وإلا.."
كان النداء الثاني أكثر صرامة وقربًا، وهدير الهليوكوبتر أصبح قويًا وعنيفًا، وكأنها تحلق فوقه مباشرة، ففتح عينيه في بطء، وهو يدور ليرقد على ظهره، ويهتف محتجًا:
- ما هذا الإزعاج؟!
لم يكد ينطقها، حتى انتفض جسده أعنف انتفاضة في حياته كلها، وكأنما أصابته صاعقة قوية، واتسعت عيناه عن آخرهما، حتى كادتا تقفزان من محجريهما، ومرت في عروقه قشعريرة باردة كالثلج، كاد يتجمد لها جسده كله، وهو يصرخ بصوت حمل ذعر وذهول الكون كله:
- رباه!.. ما هذا؟!
صرخ بالكلمات، وهو يحدّق في هليوكوبتر تحمل شعار شرطة (نيويورك)، وتحلق فوقه مباشرة، وبداخلها شرطي يحمل مكبرًا صوتيًا، ويقول في صرامة:
- إياك أن تتحرك.. ابق في مكانك، حتى يصل رجال الأمن، وإلا أطلقنا عليك النار..

لم يكن (زاهر) بحاجة إلى هذا النداء فعليًا، فقد شمله الذهول حتى تجمد كيانه كله، وهو يدير عينيه فيما حوله، ويحدّق في المدينة الممتدة أمامه حتى المحيط، من فوق ناطحة السحب الهائلة..

ومن باب بعيد، اندفع نحوه رجلان يرتديان زي رجال الأمن الداخلي للبناية، وصوبا إليه مسدسيهما، وأحدهما يهتف:

- ارفع يديك فوق رأسك.

أطاعهما (زاهر) في آلية، وهو يصرخ في ذعر وارتياع كبيرين:

- أين أنا؟!.. كيف أتيتم بي إلى هنا؟!.. كيف؟!

لم يكن بحاجة فعلية إلى الجزء الأول من السؤال..

إنه يعرف جيدًا أين هو..

لا أحد يمكنه أن يخطئ ناطحات السحب، وتمثال الحرية التي يبدو من بعيد..

إنه في (نيويورك) حتمًا..

ولكن السؤال الثاني بالغ الأهمية بالنسبة له..

هذا لأنه، وعندما أوى إلى فراشه في الليلة السابقة، لم يكن يرقد على سطح مبنى مركز التجارة العالمي..

بل ولم يكن يرقد على سطح أي مبنى في (نيويورك)، أو حتى في (أمريكا) كلها..

لقد كان يرقد في منزله هناك..

في قلب (القاهرة)!!

☆☆☆

"إنه حلم.."

ردَّد (زاهر) الكلمة أكثر من مائة مرة، في ذهول لم ينجح في مفارقته، وهو يجلس داخل حجرة صغيرة عارية من الأثاث، باستثناء منضدة خشبية بسيطة ومقعدين، يحتل هو أحدهما، داخل قسم الشرطة في (نيويورك)..

لم يكن باستطاعته أبدًا أن يستوعب أنه داخل الولايات المتحدة الأمريكية بالفعل..

هذا مستحيل!

مستحيل تماما!

إنه واثق تمام الثقة من أنه أوى إلى فراشه في (القاهرة) أمس، على بعد آلاف الكيلو مترات من هذا المكان..
وهو ليس مجنونًا..
ليس كذلك بالتأكيد!
فكيف حدث هذا؟!..
كيف انتقل خلال الليل من منزله في حي (شبرا) في (القاهرة)، إلى سطح أعلى مبنى في العالم أجمع؟!..
كيف؟!
كيف؟!
التفسير المنطقي الوحيد هو أنه يحلم.
وأن كل ما يحيط به مجرَّد كابوس سخيف، لن يلبث أن يستيقظ منه..
ولكن هل يمكن أن يأتي الكابوس بكل هذا العمق والوضوح؟!
وبأدق التفاصيل؟!
لقد راودته كوابيس عديدة خلال عمره، ولكن أيها لم يشبه هذا قط!
إنه يرى كل ما حوله في وضوح تام.
ويمر بكل لحظة مرورًا ملحوظًا محسوسًا وملموسًا..
ولكن من يدري؟!..
ربما تغيرت طبيعة الكوابيس، كما تغير كل شيء في الدنيا..
ربما!!
انفتح الباب في هذه اللحظة، وبرز عنده رجلان، أحدهما ضخم الجثة، صارم الملامح، والآخر وسيم، أنيق، أشيب الفودين..
وبحركة سريعة، اندفع الضخم إلى ركن الحجرة، وعقد ساعديه أمام صدره القوي، و هو يرمقه بنظرة صارمة مخيفة، في حين أغلق الوسيم الباب خلفه في هدوء، وتطلَّع إليه لحظات في صمت، قبل أن يقول:
- أهلا يا (زاهر).. أنا (بارني فيل) هل انتظرت طويلًا؟!
حدَّق (زاهر) في وجهه لحظة، قبل أن يقول في توتر بالغ، بلغته الإنجليزية الركيكة:
- هذا حلم.. أليس كذلك؟!
انعقد حاجبا الضخم في صرامة، في حين ارتفع حاجبا (بارني)، وهو يقول في شيء من الدهشة:
- حلم؟!

هزَّ (زاهر) رأسه، ولوَّح بكفه في عصبية، قائلًا:
- أقصد أنه كابوس.. كابوس لن ألبث أن أستيقظ منه.. أليس كذلك؟!.. هه.. أليس كذلك؟!
تطلَّع إليه (بارني) لحظات في صمت، ثم ارتسمت على شفتيه ابتسامة غامضة، وجذب المعقد الآخر، وجلس عند الطرف المقابل للمنضدة، واستند إلى سطحها بمرفقية، ومال نحو (زاهر)، قائلًا:
- اسمعني جيدًا يا هذا.. لسنا ندري كيف استطعت الوصول إلى سطح مركز التجارة العالمي، ولا كيف تجاوزت نظم الأمن والحراسة، دون أن يشعر بك أحد، ونعترف بأن عملك هذا قد أثار انبهارنا قبل سخطنا، ولكن لا داعي لأن يمتد ذكاؤك إلى محاولة التظاهر بالجنون، للإفلات من العقاب، فلدينا وسائل بارعة للغاية لكشف هذا.
تراجع (زاهر) مغمغمًا في دهشة:
- التظاهر بالجنون؟!
ثم اندفع مستطردًا في توتر بالغ:
- ولماذا أتظاهر بالجنون؟!.. إنني سأصاب به فعليًا، لو لم أجد تفسيرًا لهذا الموقف!
تبادل (بارني) نظرة ضجرة مع الضخم، ثم تراجع في مقعده، وسأل:
- أي موقف؟!
لوَّح (زاهر) بكفيه في عصبية، قائلًا:
- الموقف الذي أنا فيه؟!.. كيف أويت إلى فراشي في (القاهرة)؟ ثم استيقظت لأجد نفسي في (نيويورك)؟! أطلق الضخم صوتًا أشبه بالزمجرة، في حين ردَّد (بارني):
- (القاهرة)؟!
ثم زفر في ضجر، وهز رأسه، قائلًا:
- قلت لك: إن هذا لن يفيدك.
عض (زاهر) شفته السفلى غيظًا، وضرب سطح المنضدة بقبضته، وهو يقول في عصبية شديدة:
- لست أتظاهر بالجنون أو الغباء؟!.. أقسم لكم إنني لا أفعل.. ألقوني في السجن لو أردتم، وجهوا لي أية اتهامات تحلو لكم، ولكن اشرحوا لي ما حدث.. أخبروني حل هذا اللغز! أخبروني بالله عليكم.
زمجر الضخم مرة أخرى، وقال:

- يبدو أن هذا الأسلوب لا يصلح للتعامل معه..
أشار إليه (بارني) بالصمت، ثم تطلَّع إلى وجه (زاهر) لحظة، قبل أن يقول:
- هل تعلم أن المركز التجاري العالمي ينوي منحك مكافأة؟!
اتسعت عينا (زاهر) في دهشة، وهو يقول:
- مكافأة؟!
أومأ (بارني) برأسه إيجابًا، وقال في حماس مصطنع:
- بالطبع.. لقد أنفقوا الملايين لتأمين المكان، وتزويده بأحدث نظم الأمن والإنذار، وعلى الرغم من هذا فقد نجحت أنت في اختراق وتجاوز كل هذا، والوصول إلى السطح.. ألا يعني هذا أنك عبقري؟.. إنهم سيمنحونك المكافأة، مقابل أن تشرح لهم كيف فعلت هذا، حتى يمكنهم تفادي تكرار الأمر مستقبلًا.
عضَّ (زاهر) شفته مرة أخرى، وهو يقول:
- لن يمكنني إخبارهم بهذا قط.
سأله (بارني) في اهتمام:
- ولماذا؟
هتف (زاهر) في حدة:
- لأنني أجهل كيف وصلت إلى هناك.
انعقد حاجبا (بارني) في غضب، وهو يقول:
- إنك لم تهبط من السماء إلى السطح بالتأكيد، ولم تنشأ من العدم.. أم أنك تتصور أنك فعلت هذا أو ذالك؟!
قال (زاهر) في عصبية:
- إنني لم أفعل شيئًا.. صدق أو لا تصدق، ولكنني استيقظت لأجد نفسي هناك، ولست أدري كيف حدث هذا..
ازداد انعقاد حاجبي (بارني)، وأدار عينيه إلى الضخم، قائلًا:
- يبدو أنك على حق.. هذه الوسائل لا تصلح معه.
شمَّر الضخم عن ساعديه، وكشف عضلاته القوية، وهو يقول:
- هل تجرب وسائلي أنا؟!
تراجع (زاهر) في مقعده، هاتفًا في انزعاج:
- ماذا ستفعلون بي؟!
أجابه الضخم، وهو يتقدم نحوه في شراسة:

- سنجري اختبارًا لمعرفة أكبر عدد من القطع يمكن أن تتحطم إليه عظامك..
قفز (زاهر) مبتعدًا، وهو يقول في عصبية:
- إياك أن تقترب مني.
ارتسمت على شفتي (بارني) ابتسامة، وهو يشير إلى الضخم، قائلًا:
- مهلا يا (سميثي).. لم يحن وقت هذا بعد.
مطَّ (سميثي) شفتيه، وكأنما لم يرق له منعه من تحطيم عظام (زاهر)، وتراجع في سخط؛ ليلتصق مرة أخرى بالجدار، ويعقد ساعديه أمام صدره، في حين التفت (بارني) إلى (زاهر) وقال:
- أستاذ (زاهر).. لست أدري لماذا تبذل كل هذا الجهد، لتلفيق خطة لا يمكن أن يصدقها أي رجل عاقل؟!.. تهمتك ليست بالخطورة التي تتصوَّرها.. لقد عثروا عليك نائمًا فوق سطح مركز التجارة العالمي فحسب، ولم يضبطوك في أثناء محاولة سرقة، أو يعثروا معك على أية مسروقات أو مخدرات، أما بالنسبة لتواجدك غير المشروع في الولايات المتحدة الأمريكية، فأنت حتى لم تحاول إنكاره، بل تصرّ عليه بشدة في قصتك، فلماذا كل هذا التعقيد؟؟
أجابه (زاهر) في عصبية:
- لأنني لم أذكر سوى الحقيقة.
زمجر الضخم، قائلًا:
- دعني أستخدم أسلوبى يا رجل.
هز (بارني) رأسه نفيًا في إصرار، ثم تراجع في مقعده، وتطلَّع إلى (زاهر) لحظات في صمت، وهو يشبك أصابع كفيه أمام وجهه، ثم قال:
- إذن فأنت تصر.
أجابه (زاهر) في حزم:
- كل الإصرار.
صمت (بارني) لحظة أخرى، ثم اعتدل يسأله:
- لن تمانع إذن في الخضوع لاختبار كشف الكذب.
أجابه (زاهر) في سرعة:
- مطلقًا.
بدا التوتر على الضخم، وقال في عصبية:

- وما الداعي لكل هذا؟.. إنها مجرد قضية تافهة.. ألقوه في السجن فحسب، حتى يذكر الحقيقة.

أجاب (بارني) في صرامة:

- دعني أدير الأمور بطريقتي.

ثم التفت إلى (زاهر)، وتابع بنفس اللهجة:

- اسمعني جيدًا أيها الشاب.. سنخوض اختبار كشف الكذب بعد قليل، وأريد منك أن تعلم أنه لو أكد الجهاز أنك صادق، أو أنك تؤمن بما تقول على الأقل، فأعدك أن أستمع إلى قصتك ثانية بآذان جديدة، أما لو ثبت أنك كاذب، وأنك تخدعنا منذ البداية..

لم يكمل عبارته، ولكن النظرة الصارمة المتوعدة، المطلة من عينيه، قالت أكثر مما يمكن أن ينطقه لسانه، حتى إن (زاهر) ازدرد لعابه في صعوبة، وتمتم:

- اتفقنا.

أشاح الضخم بوجهه بعدم اقتناع، وهو يغمغم:

- جهاز كشف الكذب يمكن خداعه.

رمقه (بارني) بنظرة نارية، دون أن ينبس ببنت شفة، ثم التفت إلى (زاهر)، قائلًا في حزم:

- هيا بنا.

لم تمض دقائق على هذا الحوار، حتى ضمت حجرة اختبارات كشف الكذب ثلاثتهم، إلى جوار الخبير الخاص بالجهاز، والذي راح يوصل الأسلاك بمعصمي (زاهر) وصدره ورأسه، وهو يقول:

- قبل أن تبدأ، أحب أن أنبهك إلى أن هذا الجهاز شديد الحساسية، ومهمته أن يقيس التغيرات في نبضك وضغطك، ودرجة حرارتك، وإفرازات العرق من جسدك، مع إجابتك على الأسئلة التي توجه إليك، ومن السهل عليه أن يتبين ما إذا كنت تقول الحقيقة أم لا، من خلال المنحنيات الدقيقة التي يرسمها طوال الوقت.

غمغم (زاهر)، وهو يشعر في أعماقه بتوتر حقيقى:

- لا بأس.

أومأ الخبير برأسه، وقال:

- عظيم.. في هذه الحالة، وبعد موافقتك الرسمية على خوض الاختبار، يمكننا البدء فيه.

مطَّ الضخم شفتيه في امتعاض، وجلس (بارني) على مقعد قريب، والاهتمام يطلّ من كل خلجة من خلجات وجهه، يراقب (زاهر)، في حين ضغط الخبير زر تشغيل الجهاز، وهو يقول:

- في البداية نلقي عددًا من الأسئلة التقليدية، مثل: ما اسمك بالضبط؟

أجابه (زاهر) على الفور:

- اسمي (زاهر).

ارتفع حاجبا الخبير في دهشة، وهو يحدق في الجهاز، وغمغم:

- مستحيل!

هبَّ (بارني) من مقعده، قائلًا في توتر:

- هل كذب في قوله هذا؟

رفع الخبير عينيه إليه، وارتج عليه للحظات، وهو يشير إلى الجهاز، قبل أن تندفع الكلمات من بين شفتيه عصبية متوترة مضطربة:

- هذه المنحنيات.. إنني أجرى هذه الاختبارات منذ أكثر من عشر سنوات، ولكنني لم أر منحنيات مثلها قط.. إنها منحنيات عجيبة.. عجيبة للغاية.

ومرة أخرى، انتفض جسد (زاهر) في عنف.

ها هوذا اللغز يزداد تعقيدًا..

ووبشدة.

☆☆☆

الذبذبات

راجع خبير أجهزة كشف الكذب تلك المنحنيات، التي سجلها الجهاز مع (زاهر)، أكثر من عشر مرات قبل أن يهز رأسه في حيرة، ويرفع عينيه إلى (بارني)، قائلًا:

- ليس هناك أدنى شك.. هذه المنحنيات لا يمكن أن تصدر عن إنسان طبيعي.

أومأ (بارني) برأسه متفهمًا، وهو يعقد حاجبيه في شدة، في حين قال (زاهر) في عصبية واضحة:

- ماذا تعني بقولك هذا؟!.. أنا إنسان طبيعي كما ترى.

هزَّ الخبير برأسه مرة ثانية، مغمغمًا:

- مستحيل!

زمجر الضخم، قبل أن يقول:

- دعني أحطم عظامه، وستجد أنها مجرَّد عظام عادية، قابلة للكسر.

رمقه (بارني) بنظرة صارمة، في حين قال (زاهر) متوترًا:

- لماذا مستحيل؟!.. هل تجدني أمامك بعين واحدة، أم يبرز من رأسي هوائيان؟!

تطلَّع إليه الخبير لحظة في صمت، قبل أن يجيب في شيء من الرهبة:

- من الناحية الشكلية، أنت شخص عادي للغاية، ولكن المنحنيات التي تصدرها أجهزتك الحيوية لا تقول هذا، فكلها معكوسة، وكأنما انقلبت رأسًا على عقب.. العليا سفلى، والسفلى عليا.

أطلت دهشة حقيقية من عيني (زاهر) وهو يتمتم:

- معكوسة؟!.. كيف؟!..

كان (بارني) يتطلع إليه في اهتمام، وهو ينطق هذا، وكأنما يحاول استشفاف حقيقة مشاعره، والتقى حاجباه أكثر لثوان إضافية، قبل أن يعتدل في مجلسه، ويقول في حزم:

- يبدو أن الأمر بحاجة إلى مزيد من الفحوصات.

ثم نهض مشيرًا إلى (زاهر)، ومستطردًا:

- هيا بنا..

نهض (زاهر) في ارتباك، وهو يسأل:

- إلى أين؟!

أجابه في صرامة:
- قلت: إن الأمر بحاجة إلى مزيد من الفحوصات.
أشار إليهم الخبير، وهو يقول في اهتمام:
- لحظة أيها السادة.. أريد إجراء اختبار بسيط، قبل انصرافكم.
التفت إليه (بارني)، قائلًا في توتر:
- أي اختبار هذا؟!
نهض الخبير إلى جهاز (تليفزيون) صغير، وأشعله وهو يجيب:
- مجرَّد اختيار بسيط.
ثم أشار إلى (زاهر)، مستطردًا:
- هل يمكنك وضع يدك على هذه الشاشة؟
بدت الدهشة على وجه (زاهر)، وهو يقول:
- بالتأكيد.. ولكن ما الذي يمكن أن يعنيه هذا؟!
ارتسمت على وجه الخبير ابتسامة مرتبكة، وهو يغمغم:
- سنرى.
التقى حاجبا الضخم في تساؤل، وبدا الاهتمام على وجه (بارني)، في حين تقدَّم (زاهر) نحو جهاز (التليفزيون) في اضطراب، ومد يده نحو شاشته، وهو يتمتم:
- لست أدري ما الذي يمكن أن يعنيه هذا، ولا ما الذي..
بتر عبارته بغتة، عندما لامست يده الشاشة، وانتفض جسده في عنف، وهو يجذبها بحركة حادة، هاتفًا في دهشة شاركه فيها الجميع:
- ما هذا؟!
ففي نفس اللحظة، التي لامست يده فيها الشاشة، أصدر الجهاز فرقعة عجيبة، ثم انكمشت الصورة كلها، وكأنما تجذبها اليد خارج الشاشة.
وعندما ابتعدت يد (زاهر)، عاد كل شيء إلى طبيعته دفعة واحدة..
ولثوان، ران على الحجرة صمت مشوب بالذهول، استغرق ما يزيد قليلًا على نصف الدقيقة، قبل أن يقطعه الخبير، قائلًا في صوت مرتجف، من فرط الانفعال:
- أنت على حق.. الأمر يحتاج إلى مزيد من الفحوص.

ازدرد (بارني) لعابه في صعوبة، قبل أن يسأل بصوت مبحوح:

- أين؟

مطَّ الخبير شفتيه، ولوَّح بكفه، وهو يجيب:

- لا توجد سوى جهة واحدة تصلح لإجراء الفحوص، في مثل هذه الحالة.

ثم صمت لحظة أخرى، قبل أن يستطرد في حزم:

- (وكالة ناسا للأبحاث)..

وحسم قوله الكثير..

☆ ☆ ☆

جلس (زاهر) صامتًا تمامًا، داخل الطائرة الصغيرة، التي تنطلق به في سماء الولايات المتحدة الأمريكية، مع (بارني) والضخم، في طريقها إلى (ناسا).

كان عقله يكاد ينفجر من تلك التطورات، التي تتلاحق على نحو عجيب، منذ الصباح الباكر..

وكانت هناك عشرات الأسئلة الحائرة في أعماقه التي تحتاج إلى أجوبة شافية.. ترى كيف وصل إلى هنا؟!..

كيف أوى إلى فراشه في (شبرا)، ليجد نفسه صباحًا في (نيويورك)؟!.. كيف؟!..

كيف؟!..

ثم ما الذي يحدث في جسده؟!..

إنه لا يشعر بأية تغيرات، ولكن الظواهر المحيطة به تؤكد العكس تمامًا.. منحنيات أجهزته الحيوية معكوسة..

تأثيره على الأجهزة الإليكترونية..

وما أداره ما سيأتي فيما بعد، عندما يتعرض لمزيد من الفحوص!!..

هناك شيء ما تغير داخله بالتأكيد..

ولكن ما هو؟!..

ولماذا؟!..

لماذا؟!..

"لقد وصلنا.."

انتزعه قول (بارني) من أفكاره، فاعتدل في مقعده، وألقى نظرة عبر النافذة على المطار الصغير، الذي هبطت فيه الطائرة، قبل أن ينهض

ليغادرها مع الرجلين، واستقل ثلاثتهم سيارة سوداء، نقلتهم إلى مبنى ضخم، استقبلهم فيه رجل وقور أشيب الشعر، حليق، يرتدي منظارًا طبيًا ومعطفًا أبيض، يحمل شعار (ناسا)، تطلع إلى (زاهر) في اهتمام، وهو يسأل (بارني):

- أهذا هو؟

أجابه (بارني) في اقتضاب حازم:

- نعم.. إنه هو..

أوما الوقور برأسه متفهمًا، وعاد يتطلَّع إلى (زاهر) لحظة، ثم استدار، وأشار لهم بيده، قائلًا:

- اتبعوني.

سار الثلاثة خلفه، عبر ممرات طويلة متشابكة، واستقلوا مصعدًا إلى الطابق الثالث من المبنى، ثم عادوا يعبرون الممرات، حتى انتهوا إلى قاعة كبيرة، تتوسَّطها منضدة فحص، أشبه بتلك المستخدمة في عيادات الأطباء، وعلى مقربة منها عدد من المقاعد، استقر الوقور فوق أحدها، وأشار إلى الآخرين بالجلوس، ثم مد يده إلى (بارني)، قائلًا:

- هل تحمل نتيجة الاختبار؟

ناوله (بارني) مظروفًا، التقطه في لهفة، والتقط منه ورقة الاختبار، وراح يفحصها في اهتمام كبير، ثم خلع منظاره، والتفت إلى (زاهر)، قائلًا:

- خدعة طريفة يا فتى.

انتفض (زاهر) في مقعده، وهو يهتف:

- خدعة!؟

وفي غلظة، وضع الضخم يده على كتف (زاهر)، قائلًا:

- انكشف أمرك يا صاح.

أما (بارني)، فكاد يقفز من مقعده، هاتفًا:

- أتقول: إنها خدعة يا دكتور (بروس)!؟

هزَّ الرجل كتفيه في هدوء واثق، وهو يقول:

- بالطبع.. وخدعة بسيطة أيضًا..

قال (زاهر) في عصبية:

- رائع.. هل يمكنك أن تشرح لي إذن تلك الخدعة البسيطة، التي تجعلني قادرًا على عكس اتجاه المنحنيات، والتأثير على الأجهزة الإلكترونية الحديثة؟!

ابتسم الدكتور (بروس) في سخرية، قائلًا:

- تلك المنحنيات لا تأتي من فراغ.. إنها انعكاس لذبذبات يطلقها جسدك من أجهزته الحيوية، ويمكنك إرباك أجهزة القياس في أي اتجاه، بوساطة جهاز متغير الذبذبة، تخفيه في ثيابك.. أو حتى داخل جسدك.

حدَّق (زاهر) في وجهه بدهشة، وهو يردّد:

- جهاز متغير الذبذبة؟!..

لم يدر لماذا بدا للاسم وقع خاص في أعماقه؟!..

لماذا شعر بالقلق والخوف، عندما أشار إليه العالم؟!..

ترى هل يحمل بالفعل جهازًا كهذا، دون أن يدري؟!.. هل؟!..

ويبدو أن قلقه هذا قد انحفر في ملامحه، فلقد تطلع إليه (بارني) طويلًا، في توتر بالغ، قبل أن يلتفت إلى الدكتور (بروس)، قائلًا:

- هل يمكنك كشف الخدعة بوسيلة عملية!.. أعني هل يمكنك منحنا دليلًا على أن ما حدث مجرد خدعة؟!

تراجع الرجل في مقعده، وهو يرمق (زاهر) بنظرة ساخرة، مجيبًا:

- هناك ألف وسيلة لهذا.. إننا سنخضعه لكل الفحوصات والاختبارات الممكنة.. سنفحص جسده بالأشعة السينية، والموجات فوق الصوتية، والرنين المغنطيسي، ثن سنعيد فحصه بأجهزة كشف الكذب، وبوساطة خبير نفسي متخصص.. صدقني.. لن يمكنه خداعنا قط.

"فلنبدأ على الفور إذن.."

انطلقت العبارة بكل الحزم والصرامة، فاتسعت العيون في دهشة، وهي تحدق في وجه صاحبها..

في وجه (زاهر)..

لقد نطق العبارة مخلصًا بحق، فهو أكثر الحاضرين رغبة في حل هذا اللغز العجيب، ومعرفة السبب في وجوده هنا..

ولقد كان لعبارته تأثير قوي في المكان..

حتى الضخم حدَّق في وجه (زاهر) في دهشة، قبل أن يغمغم:

- عجبًا!.. ألا تعترض على الخضوع لكل هذا؟

أجابه (زاهر) في حزم:
- مطلقًا.. أخضعوني لكل ما تريدون، ولكن أبلغوني في النهاية ماذا يحدث لي..
وتحوَّل حزمه إلى ثورة هادرة، وهو يضيف مكررًا:
- ماذا يحدث لي؟!..
ارتفع حاجبا الدكتور (بروس) في دهشة بالغة، وتلاشت سخريته تمامًا، وهو يتطلَّع إلى (زاهر) هذه المرة، قائلًا:
- فليكن.. ستبدأ الاختبارات على الفور.
أومأ (زاهر) برأسه، متمتمًا:
- هذا أفضل.. أفضل كثيرًا.
قالها بكل التوتر والانفعال في أعماقه، فهو على استعداد لفعل أي شيء في الدنيا، لو أن هذا يسهم في العثور على تفسير منطقي..
تفسير أكبر لغز في عمره كله..

☆☆☆

لم تكن الفحوصات والاختبارات سهلة أو بسيطة..
ولم تستغرق وقتًا محدودًا، كما تصوَّر (زاهر)..
لقد قضى يومين متتاليين يخوض اختبارًا تلو الآخر، ويخضع الفحص يليه ثان، وثالث، ورابع، حتى خُيل إليه أنه لم تعد هناك فحوصات أكثر في الدنيا كلها..
وطوال الوقت كان يشعر بشوق جارف لها..
ل(منى)..
في كل لياليه تقريبًا كان يحلم بها..
يحلم بأيام حبهما، ولحظات سعادتهما، وكفاحهما لتحقيق حلمهما.
وكان قلبه يخفق لهفة وشوقًا إليها..
ولم يفارق السؤال ذهنه قط..
كيف وصل إلى هنا؟!..
ولماذا؟!..
كان في البداية يحاول إقناع نفسه بأن ما يحدث مجرد كابوس، سيمضي حتمًا، ويستيقظ ليجد نفسه راقدًا في فراشه في (شبرا)، فيهرع للاتصال

بها، ويروى لها ما رآه، ويضحكان معًا، قبل أن يخرج للبحث عن عمل من جديد..
ثم لم يلبث أن ألقى الفكرة كلها خلف ظهره..
أي كابوس هذا الذي يحيا أدق تفاصيله، طوال ثلاثة أيام بلياليها؟!.
أي كابوس، الذي يحرمه من حبيبته كل هذا الوقت؟!
وعندما بدأت الاختبارات والفحوص، خُيل إليه أن الكابوس قد عاد..
وأنه يحيا.. لأوَّل مرة في حياته.. كابوسًا حقيقيًا..
لقد عامله الجميع بعدوانية وتحفز في البداية، وبذلوا قصارى جهدهم لكشف الخدعة التي توقعوا قيامه بها، ثم لم تلبث الحيرة أن أزاحت العدوانية من نفوسهم، واشتركت مع الدهشة في شعور جديد، فجَّر كل الفضول العلمي في أعماقهم، وجعلهم يبذلون قصارى جهدهم للبحث عن تفسير لتلك الظاهرة العجيبة، التي يواجهونها فيه..
إنه سليم تمامًا من الناحية التشريحية والطبيعية، ولكن ما إن يتعلَّق الأمر بالإلكترونيات وأجهزة الفحص، حتى يختل كل شيء على نحو مربك للغاية..
أجهزة رسم المخ والقلب تعطي منحنيات سليمة للغاية..
ولكنها معكوسة..
وحتى أجهزة الفحص بالأشعة، والموجات فوق الصوتية، والرنين المغنطيسي، لا يمكن أن تعمل على نحو طبيعي مع جسده، إلا لو تم عكس أقطابها..
وعلى الرغم من هذا، فكل شيء بداخله في موضعه بالضبط..
القلب، والكبد، والطحال، والمعدة..
وحتى فصا المخ..
وطوال اليومين اللذين استغرقهما الفحص لم ير (زاهر) (بارني) أو الضخم لحظة واحدة..
الدكتور (بروس) وحده كان يشرف على كل ما حدث، ويتابعه خطوة فخطوة، ولا يحاول إخفاء دهشته أو انبهاره، مع نتائجها العجيبة..
وأكثر ما أثار دهشته وانبهاره هو الاختبار النفسي..
لقد قام به ثلاثة من أكثر الأطباء النفسيين شهرة وخبرة ومهارة، في (أمريكا) كلها، واتفق ثلاثتهم على أن (زاهر) يؤمن تمامًا بما يقوله،

وأنه ليس كاذبًا أو مخادعًا، وإنما يجهل بالفعل كيف وصل إلى (نيويورك)، وكيف عثروا عليه على سطح أعلى بناء في العالم!!..

وفي النهاية ظهر الضخم و(بارني)، عندما انتهت الاختبارات، وقرأ الدكتور (بروس) النتائج على مسامعهما ومسامع (زاهر)، ثم تنهَّد في عمق، وخلع منظاره الطبي، قائلًا:

- خلاصة القول أن هذا الفتى ليس مخادعًا، وأن شيئًا ما قد حدث له، وتسبَّب في انتقاله بوسيلة ما، مازلنا نجهل كنهها بالضبط، من فراشه في (القاهرة)، إلى سطح مركز التجارة العالمي في (نيويورك)، وأن ذلك الشيء قد أثر في مغناطيسية جسده على نحو مدهش، فانعكست أقطابه، ولم يعد يتوافق مع مغنطيسية الكرة الأرضية، حتى أن البوصلة نفسها تصاب بالارتباك والخلل، إذا ما اقتربت من جسده.

مطَّ الضخم شفتيه، وغمغم في استهجان:

- غير معقول.

أما (بارني)، فقد نقل بصره بين (زاهر) والدكتور (بروس) لحظات، قبل أن يسأل في حزم:

- أهذا تقرير نهائي؟!

أومأ الدكتور (بروس) برأسه إيجابًا، وقال:

- بكل تأكيد.

هزَّ (بارني) رأسه عدة مرات، وكأنه يستجمع أفكاره، والتقى حاجباه قليلًا، وهو يفكر في عمق، قبل أن يرفع رأسه إلى الدكتور (بروس) ثانية، ويسأله في اهتمام بالغ:

- ألم تضعوا تصورًا تقديرًا لما حدث؟

أجابه العالم بسرعة:

- بالطبع.

سأله (بارني) في شيء من الحذر:

- وما هو؟!

صمت العالم لحظة، ثم أجاب:

- باعتبارنا من المتخصصين في مجال الفضاء والطيران، كان من الطبيعي أن تتجه عقولنا إلى تفسير واحد محدود.

سأله (بارني):

- وما هو؟

أدار الدكتور (بروس) عينيه إلى حيث يجلس (زاهر)، وتطلع إليه في اهتمام، قبل أن يجيب بلهجة شديدة الحسم:

- أن هذا الفتى قد تعرض للاختطاف من قبل مخلوقات من كوكب آخر.

انعقد حاجبا الضخم في شدة، وتراجع (بارني) في مقعده، وكأنما لم يباغته التفسير، أما (زاهر)، فقد قفز من مقعده، وهو ينتفض في عنف..

لقد صدم هذا التفسير أعماقه بالفعل..

صدمها بكل العنف..

وكل القسوة..

☆☆☆

"ستخضع لاختبار آخر.."

نطق (بارني) تلك العبارة في صرامة، فالتفت إليه (زاهر) في دهشة، وقال في توتر:

- اختبار آخر؟!.. كنت أعتقد أنني خضعت بالفعل لكل الاختبارات الممكنة!

أجابه (بارني) بلهجة جافة، لم يدر لها سببًا:

- إنه اختبار من نوع خاص.

ردَّد (زاهر) في قلق:

- من نوع خاص؟!

أشاح (بارني) بوجهه، قائلًا:

- نعم.. التنويم المغناطيسي.

هتف (زاهر) في دهشة:

- تنويم مغناطيسي؟!.. ولماذا؟

ضرب (بارني) سطح المنضدة بقبضته، وهو يجيب في عصبية:

- بسبب الاحتمال الذي وضعه هؤلاء العلماء.

ونهض من مقعده في حدة، ودس كفيه في جيبي سرواله، وراح يتحرَّك في الحجرة، قائلًا:

- لو أن تفسير هذا اللغز ينحصر بالفعل في أن مخلوقات فضائية قد اختطفتك، فلن تكون هذه هي الواقعة الوحيدة لهذا، فهناك عشرات الحوادث المسجلة رسميًا في هذا الشأن، ولكن أشهرها على الإطلاق حادثة تعرف باسم (حادثة بارني وبيتي هيل)، وهما زوجان، كانا يسلكان طريقًا غير مأهول، في ساعة متأخرة من الليل؛ لتوفير الوقت، وهما في طريق عودتهما إلى منزلهما، بعد عطلة قضياها عند شلالات (نياجرا) الشهيرة، ولكنهما و جدا نفسيهما بغتة على بعد خمسة وثلاثين ميلًا، من البقعة التي كانا فيها، وقد مرَّت عليهما ساعتان، لا يذكران دقيقة واحدة مما حدث في أثنائها.. (حقيقة)

وتنهَّد في عمق، ثم التفت إليه، متابعًا:

- ولقد عانى الزوجان (هيل) اضطرابات نفسية شديدة، مما دفعهما إلى اللجوء إلى طبيب نفسي، أخضعهما للتنويم المغنطيسي، كجزء من العلاج، فوجد أمامه مفاجأة مدهشة.. لقد روى له الزوجان، في أثناء نومهما المغناطيسى هذا، أن مخلوقات فضائية قد اختطفتهما، في طبق طائر، وأجرت لهما بعض الفحوص، ثم أطلقت سراحهما فيما بعد، وكان للتفاصيل التى روياها الفضل الأعظم في تقدم الأبحاث في هذا الشأن. (حقيقة)

ازدرد (زاهر) لعابه في صعوبة، وهو يغمغم:

- هل تعني أنني سأخضع للتنويم المغناطيسي للغرض نفسه.

أشار (بارني) بسبَّابته، قائلًا في حزم:

- بالضبط.

ثم شرد بصره بضع لحظات، قبل أن يضيف:

- وأتعشَّم أن يضع هذا نهاية اللغز.

نطقها على نحو خفق له قلب (زاهر) في عنف، وجعله يتساءل في توتر شديد..

ترى هل سيحسم التنويم المغنطيسي الأمير ويضع تفسيرًا للغز؟!.

هل؟!

☆☆☆

الفحوصات

بذل (زاهر) قصارى جهده ليسترخي في مقعده، كما طلب منه خبير التنويم المغناطيسي، وهو يتطلَّع إلى ذلك الجسم اللامع، الذي يتأرجح أمامه في رتابة، وصوت الخبير يتسلَّل إلى أذنيه خافتًا عميقًا:

- اترك جسدك يسترخي.. لا تبعد عينيك عن الضوء.. نم.. دع الهدوء يتسلَّل إلى أعماقك رويدًا رويدًا.. لا تقاوم.

لم تكن لدى (زاهر) أدني نية للمقاومة، وإنما كان أكثر لهفة على الخضوع للتنويم المغناطيسي، لعله يكشف شيئًا من الغموض المحيط به..

ورويدًا رويدًا، راحت أعماقه تمتلئ باطمئنان عجيب، وبدا له الضوء اللامع أمامه وكأنه يكبر، ويتسع، وينتشر، وصوت الخبير يزداد عمقًا وهدوءًا..

ثم لم تعد له أية سيطرة على إرادته..

لم يعد الكون أمامه سوى مساحة هائلة بيضاء، تنتظر توجيهات الخبير، لتتلون بأحداث وذكريات ووقائع..

وفي ارتياح، اعتدل الخبير، قائلًا:

- إنه نائم الآن.

مطَّ الضخم شفتيه في صمت، في حين بدا (بارني) متوترًا للغاية، وهو يسأل خبير التنويم المغنطيسي:

- هل يمكنك أن تجزم بهذا؟

سأله الخبير:

- بالطبع.. ماذا تعني بسؤالك هذا؟

أجابه (بارني) في عصبية:

- أعني أليس من المحتمل أنه يتظاهر بهذا؟!

ارتسمت على شفتي الخبير ابتسامة، وهو يجيب:

- آه.. الجواب هو: كلًا يا رجل.. لا يمكنه أن يتظاهر بالخضوع للتنويم المغناطيسي، دون أن يكون خاضعًا له بالفعل، ففي حالته هذه لا يستجيب بؤبؤ عينه للضوء، وينخفض معدل تنفسه ونبضة إلى أقصى حد.

بدا شيء من الارتياح على وجه (بارني)، وهو يغمغم:

- هناك علامات لهذا إذن.

أومأ الخبير برأسه إيجابًا، وقال:

- بالطبع.. والآن هل نبدأ؟!

أجابه الضخم بصوته الغليظ:

- ابدأ قبل أن يقتلني الملل.

انعقد حاجبا الخبير، على نحو يوحي بأن العبارة لم ترق له، ثم التفت إلى (زاهر)، وقال بصوت هادئ عميق:

- (زاهر).. ادفع ذاكرتك إلى الخلف، وعد بها إلى اللحظة التي وجدت نفسك فيها فوق سطح مركز التجارة العالمي.. هل يمكنك أن تفعل هذا؟!

أومأ (زاهر) برأسه في آلية، قائلًا:

- نعم.. يمكنني هذا.

سأله الخبير:

- ما الذي تراه أمامك؟!

أجاب (زاهر) في آلية..

- هليوكوبتر تحلق فوقي، وقائدها يطالبني بتحديد هويتي، وعدم مغادرة مكاني.

أدار الخبير عينيه إلى (بارني)، الذي أومأ برأسه إيجابًا، مؤيدًا قول (زاهر)، فعاد الخبير إلى هذا الأخير، وقال:

- دعنا نعد بذاكرتك بضع ساعات إلى الخلف.. إلى الليلة السابقة مباشرة.. ما الذي تتذكره؟!

صمت (زاهر) لحظة، ثم أجاب:

- عدت إلى منزلي، وتناولت طعام العشاء، ثم تحدَّثت هاتفيًا إلى (منى).

سأله الخبير:

- ومن (منى) هذه؟

أجابه (زاهر) على الفور:

- (منى) خطيبتي.. إننا نحب بعضنا منذ أيام الدراسة.

أومأ الخبير برأسه متفهمًا، قبل أن يقول:

- حسن.. ما الذي حدث بعد هذا؟

أجابه (زاهر):

- أويت إلى فراشي.

بدا الاهتمام على وجه الضخم، عندما بلغ الخبير هذه النقطة، ومال (بارني) برأسه إلى الأمام في لهفة، والخبير يقول في اهتمام وتساؤل:

- ثم؟!

صمت (زاهر) لحظة، وكأنما يفتش في عقله عن الجواب، ثم لم يلبث أن قال في شيء من التردّد:

- ثم وجدت نفسي فوق سطح مركز التجارة العالمي.

تراجع الخبير في دهشة، وازداد انعقاد حاجبي الضخم في شدة، في حين تمتم (بارني):

- فقط؟!

أشار إليه الخبير بالصمت، وهو يسأل (زاهر):

- لا يمكن أن تكون قد انتقلت من نقطة إلى أخرى في لحظات قليلة كهذه.. لا ريب في أنه هناك ما حدث بين الواقعتين.

صمت (زاهر) طويلًا هذه المرة، ثم هزَّ رأسه في بطء، مجيبًا:

- لست أذكر شيئًا.

التفت الخبير إلى (بارني) في حيرة، فغمغم هذا الأخير في عصبية:

- قوله هذا مستحيل!!.. مهما كانت الوسيلة، التي انتقل بها من (مصر) إلى هنا، فهي تحتاج إلى بعض الوقت على الأقل.. كلنا نعلم أن أسرع طائرة تحتاج إلى اثنتي عشرة ساعة في رحلة مباشرة كهذه.

هزَّ الخبير رأسه، قائلًا:

- إنه لم يستخدم طائرة بالتأكيد، ثم إنه لا يستطيع الكذب، وهو تحت تأثير التنويم المغناطيسي.

كرَّر (بارني) في حدة:

- مستحيل!

ثم سأل في عصبية:

- ألا يحتمل أنه هناك ما يعوق قدرته على التذكر؟!.. أعني أن يكون قد خضع لجلسة تنويم مغناطيسي مسبقة، تمنعه من الإفصاح عما في أعماقه، في هذه الجلسة.

صمت الخبير لحظات، انعقد خلالها حاجباه في شدة، وهو يدرس هذا الاحتمال، ثم رفع رأسه إلى (بارني)، قائلًا:

- هذا احتمال وارد بالفعل، ولكن هناك وسيلة للتغلب عليها، نطلق عليها اسم (الجسر)، لأننا نعبر بوساطتها الأوامر السابقة، التي تم غرسها في العقل الباطن، وندور حولها لتفاديها.

ثم تنحنح، والتفت إلى (زاهر)، قائلًا:
- قل لي يا (زاهر): كم مر من الوقت، ما بين دخولك إلى فراشك في (القاهرة)، واستيقاظك في (نيويورك)؟! عد إلى ذاكرة ساعتك البيولوجية، وحدد الوقت بمنتهى الدقة.
صمت (زاهر) لحظة، قبل أن يجيب:
- ست عشرة دقيقة وسبع ثوان بالتحديد.
وكان هذا الجواب مفاجأة جديدة..
مفاجأة أكثر عنفًا..

☆☆☆

تجهم وجه الدكتور (بروس)، وهو يتابع شريط الفيديو، الذي يسجل جلسة التنويم المغناطيسي بكل تفاصيلها، ثم تراجع في مقعده، ولوَّح بكفه ل(بارني)، قائلًا في حزم:
- الأمر لا يقبل الشك يا رجل.. ذلك الفتى لم يتعرَّض لاختطاف من أي نوع.. هذه ليست حالة من حالات لقاءات النوع الثالث، أقصد أن هذه القضية ليس لها علاقة بأية مخلوقات فضائية.
أوما (بارني) برأسه موافقًا في شيء من الضيق، وقال:
- لم يعد هناك شك في أنها ليست كذلك، ولكن هذه النتيجة لا تمنحنا إلا المزيد من الغموض، بالنسبة اللغز.
رمقه الدكتور (بروس) بنظرة طويلة، قبل أن يميل إلى الأمام، قائلًا:
- قل لي يا رجل، لماذا أشعر وكأنك تخفي أمرًا ما؟
مطَّ (بارني) شفتيه، وغمغم:
- إنه عملي.
هزَّ الرجل كتفيه، وتراجع في مقعده، قائلًا:
- ربما كانت طبيعة عملك تعتمد على كتمان الأسرار وإخفاء المعلومات، ولكن لا ينبغي أن تخفي عنا أية أمور، يمكن أن تفيدنا في أبحاثنا.
صمت (بارني) بضع لحظات، وكأنما يراجع حديث الدكتور (بروس) في عقله، ثم لم يلبث أن تنهَّد، ومطَّ شفتيه، ونهض من مقعده، واتجه إلى النافذة، ووقف يتطلَّع عبرها بضع لحظات، قبل أن يقول:
- نحن نعلم منذ البداية أن الشاب لم يقض ليلته على سطح المبنى.

ارتفع حاجبا الدكتور (بروس) في دهشة، وهو يقول:
- تعلمون؟!
أومأ (بارني) برأسه إيجابًا، وتنهَّد مرة أخرى، قبل أن يقول:
- نعم.. فالهليوكوبتر التي عثرت عليه قامت بدورة سابقة، قبل ذلك بعشرين دقيقة، ولم يكن هناك أحد فوق السطح عندئذ.. لقد تصوَّرنا في البداية أن رجال الدورية الطائرة أرادوا التستر على إهمالهم، ولكن تحقيقاتنا معهم أثبتت العكس، مما أصابنا بالحيرة، وجعلنا نتساءل عن كيفية وصوله إلى هناك، دون أن يستخدم أية طائرات، أو يتجاوز رجال أمن المبنى، الذين قاموا بجولتهم التفقدية الأخيرة، قبل تسليم عملهم للنوبتجية التالية، قبل عشر دقائق فحسب من عثور الهليوكوبتر عليه!!
وهز رأسه في بطء، وهو يواصل التطلُّع عبر النافذة، ثم تابع:
- كان من العسير أن نهضم الفكرة، أو نتصورها، فالبشر لا يبرزون هكذا من العدم، ولا يظهرون فوق أسطح المباني بغتة، دون سابق إنذار، لذا فقد قررنا استجوابه على نحو مدروس، وبذل قصارى جهدنا لمعرفة ما خلفه.
مطَّ الدكتور (بروس) شفتيه، وهو يقول:
- كنت أعلم أن الأمر ليس بسيطًا، منذ أخبروني أن المشتبه فيه سيصل بصحبة إثنين من رجال المخابرات المركزية، وليس بصحبة رجال شرطة عاديين.
غمغم (بارني):
- إنه لا يعلم أننا من المخابرات المركزية.
ران عليهما الصمت بضع لحظات، ثم سأله الدكتور (بروس) في اهتمام:
- قل لي يا رجل: لماذا يبدو لي وكأن قصتك تنقصها بعض التفاصيل؟
التفت إليه (بارني) في بطء، ثم ارتسمت على شفتيه ابتسامة باهتة، وهو يقول:
- كان ينبغي أن أدرك أنك أذكى من أن أتجاوز معك أية نقطة.. أنت على حق.. القصة ينقصها تفصيل واحد، ولكنه بالغ الأهمية، وخاصة بعدما قاله (زاهر) في جلسة التنويم المغناطيسي.
سأله الدكتور (بروس) في شغف:
- وما هذا التفصيل المهم؟

عاد (بارني) يتطلَّع عبر النافذة، ولاذ بالصمت بضع لحظات أخرى، قبل أن يجيب:
- بعد الحادث الإرهابي، الذي تعرض له مركز التجارة العالمي، تم تزويده بدوائر أمنية خاصة، بالغة الدقة والتعقيد، تتحكم فيها ثلاثة نظم مختلفة من الطاقة، على نحو يضمن عدم توقفها عن العمل قط، حتى ولو انقطع التيار الكهربي عن (نيويورك) كلها.
وصمت لحظة، وكأنما يجد صعوبة في الاستطراد، ثم لم يلبث أن حسم أمره، أضاف في لهجة عصبية:
- وعلى الرغم من هذا، فقد توقفت كل هذه الأجهزة والدوائر عن العمل لثانيتين كاملتين، قبيل العثور على (زاهر) بدقائق معدودة.
وأدار عينيه في بطء، حتى واجهتا عيني الدكتور (بروس) مباشرة، وهو يستطرد:
- وفي رأينا أن لظهوره ارتباط مباشر بهذه الظاهرة، التي لم يجد لها خبراؤنا أي تفسير آخر، والتي تثير قلق رجال الأمن بشدة.
قالها، واتجه نحو مكتب (بروس)، دون أن يرفع عينيه عنه، وانحنى ليرتكز على سطح المكتب براحتيه، ويميل نحو العالم، قائلًا:
- وهذا يعني أن التوصل إلى حل اللغز لا يحمل أهمية علمية فحسب.. بل وأهمية أمنية أيضًا.. هل فهمت؟!..
تطلَّع (بروس) إلى عينيه لحظات، وأجاب في حزم:
- بالتأكيد.
ثم تراجع بمقعده، مستطردًا في حنق واضح:
- كان ينبغي أن أدرك أن المخابرات المركزية الأمريكية لن تبذل كل هذا الجهد، أو تبدي كل هذا الاهتمام، من أجل العلم وحده.
هتف (بارني) في حدة:
- حاول أن تفهم يا رجل.
وانتزع يديه من المكتب بحركة حادة، ولوَّح بهما في عصبية، مستطردًا:
- إننا أمام حالة فريدة من نوعها.. حالة يدَّعي صاحبها أنه انتقل عبر الزمان والمكان بوسيلة مجهولة، كل ما نعرفه عنها هو أنها قادرة على إفساد كل الدوائر الكهربية، أو عكس أقطابها لفترة محدودة.. هل تدرك ما الذي يمكن أن يعنيه هذا، لو أننا نجحنا في تحديد هذه الوسيلة، وفهم قوانينها وقواعدها؟!.. إننا سنمتلك عندئذ أقوى سلاح في الكون كله..

سلاح يمنح مقاتلينا القدرة على الظهور في أي مكان بغتة، ودون سابق إنذار.. هل تتصوَّر هذا؟!

حاول أن تتخيَّل معي عدوًا يهددنا بسلاح قوي، مثل الصواريخ ذات الرؤوس النووية مثلًا، ثم يجد رجالنا حوله بغتة، على الرغم من كل ما اتخذه من إجراءات أمن وحماية.. ستكون مفاجأة مذهلة.. بل حاول أن تتخيل لو أرسلنا قنبلة إلى فراشه مباشرة مثلًا، أو حتى رأسًا نوويًا.. إنه سلاح بلا حدود يا رجل.. سلاح يضمن لنا التفوق الدائم.

هتف (بروس) في حدة:

- وهل تفتقر إلى هذا التفوق؟!.. لقد صرنا بالفعل أقوى دولة في العالم كله، وخاصة بعد انهيار الاتحاد السوفيتي.

أشار (بارني) بيده، قائلًا:

- وماذا عن (الصين)؟!.. أليست دولة شيوعية متقدمة أيضًا؟! ألا تمتلك صواريخًا ذات رؤوس نووية؟!.. من أدرانا أنها لن تسعى لغزونا في المستقبل؟!.. هه.. من أدرانا؟!

زفر الدكتور (بروس) في أسى، وأشاح بوجهه، قائلًا:

- لا فائدة من مناقشة مثل هذه الأمور مع أمثالك.

قال (بارني) في غضب:

- ماذا تعني بكلمة (أمثالك) هذه؟.. هل تتصوَّر أن..

قبل أن يتم عبارته، اقتحم (سميثي) المكان في عنف، ولوَّح بذراعه في انفعال، وهو يهتف بصوته الأجش:

- الرجل.. ذلك الذي ظهر على السطح.. إنه يبدو وكأنه.. وكأنه..

هتف به (بارني) والعالم في آن واحد:

- وكأنه ماذا؟!

ازدرد لعابه في صعوبة، قبل أن يجيب بصوت شارف الاختناق من فرط الانفعال:

- وكأنه يحترق..

☆☆☆

على الرغم من كل ما شاهده الدكتور (بروس) من العجائب، منذ بدأ عمله في وكالة أبحاث الفضاء الأمريكية، إلا أن حاجباه ارتفعا في دهشة بلا حدود، وهو يحدّق في (زاهر)، الذي رقد على فراشه متصلبًا، وكأنما

أصابته نوبة من داء الصرع، ومئات الشرارات الصغيرة تتقافز على جسده، من شتى النقاط إلى نقاط أخرى، حتى أن جسده كله تألق بضوء أزرق باهت.
وفي ذهول، هتف (بارني):
- ما هذا بالضبط؟!.. ماذا يحدث له؟!
هزَّ الدكتور (بروس) رأسه بدهشة بالغة، وهو يغمغم:
- لست أدري.. أنا لم أشاهد ظاهرة كهذه في حياتي كلها.. ربما.. ربما يحدث هذا بسبب تعارض أقطابه المغنطيسية مع أقطاب الأرض.
ثم استدرك بسرعة، بلهجة أقرب إلى الهلع:
- وهذا مجرَّد رأي أوَّلي.. لا يستند إلى قواعد علمية.
حدَّق (بارني) في (زاهر) مرة أخرى، ثم قال مرتبكًا:
- المهم هو ما الذي يمكن أن تؤدي إليه.
هزَّ (بروس) رأسه نفيًا، وتنهَّد، قبل أن يجيب:
- لست أدري يا رجل.. ربما كانت ظاهرة وقتية، وربما..
قبل أن يتم عبارته، دوت فرقعة مكتومة في الحجرة، على نحو جعلهم يتراجعون جميعًا في حركة غريزية.
ثم تلاشت الشرارات كلها دفعة واحدة..
وعندئذ..
عندئة فقط، استرخى جسد (زاهر)، وراح يسعل في قوة، والعرق يسيل في كل جسده في غزارة، وأنفاسه تتلاحق في سرعة مخيفة..
ولثوان، وقف الجميع يتطلَّعون إليه في ذهول، ثم اندفع الدكتور (بروس) نحوه، هاتفًا:
- يا للمسكين!.. من الواضح أنه تعذب كثيرًا.
مطَّ الضخم شفتيه، وغمغم:
- ولكنه لم يمت للأسف.
صاح به (بارني) في غضب شديد:
- كفى يا (سميثي).
فتح (زاهر) عينيه في صعوبة، وأدارها نحو الدكتور (بروس)، وهمس في تهالك وخفوت شديدين:
- ماذا يحدث لي؟!
تنهد (بروس)، وتمتم:

- ليتني أعلم يا فتى.. ليتني أعلم..
اندفع الضخم يسأل في لهفة:
- كيف كنت تشعر؟!.. هه.. كيف؟!
أغلق (زاهر) عينيه، وتمتم في تهالك:
- آلام رهيبة.. عنيفة.. عذاب لكل ذرة في كياني.
تمتم الدكتور (بروس):
- يا للمسكين!
أما (بارني)، فقد اعتدل في وقفته، وشدّ قامته، والتقى حاجباه، وهو يتطلّع إلى (زاهر) في توتر ملحوظ، ثم جذب الدكتور (بروس) إليه، في شيء من الخشونة، وسأله:
- هل سيتكرَّر هذا؟!
بدا الضيق على وجه (بروس)، وهو يجذب ساعده من يده، قائلًا:
- ومن أدراني؟!
قال (بارني) في عصبية:
- كيف سنحل هذا اللغز إذن، مادام كل واحد هنا لا يحمل سوى ذلك الجواب السخيف.. من أدراني.. لست أدري.. لا أحد يفهم.. فمن يجيب عن أسئلتنا إذن؟!
أجابه (بروس) في حدة:
- إننا نبذل قصارى جهدنا.. افعلوا أنتم شيئًا.
أشار (بارني) إلى صدره، هاتفًا:
- وهل تتصوَّر أننا نقف ساكنين، في انتظار نتائجكم؟!.. لقد بذلنا جهدًا خرافيًا بالفعل، خلال اليومين السابقين يا رجل.. لقد راجعنا ملامح ذلك الشاب، مع كل المحتالين في (أمريكا) و(مصر).. وفحصنا كل شبر من مركز التجارة العالمي، وكل دائرة من دوائره الأمنية، بل كل جهاز، وكل ذرة سليكون فيها، ومشط خبراؤنا سطح المبنى، وفحصوه بالأشعة، دون الحمراء، وتحت البنفسجية، واختبروه بأجهزة تكنولوجية بالغة الدقة والحداثة، حتى إنهم أحصوا عدد النمل المصاب بالتهاب المفاصل عليه.
سأله الدكتور (بروس) في اهتمام:
- وهل توصَّلوا إلى شيء؟!
عضّ (بارني) شفته السفلى في مرارة، وهو يجيب:
- مطلقًا.

ثم ضرب الجدار بقبضته، مستطردًا في غضب:

- لم يتوصَّلوا إلى أية نتائج للأسف.

فتح (زاهر) عينيه في صعوبة، وغمغم:

- هل فكرتم في سؤال عائلتي في القاهرة؟!

أجابه (بارني) على الفور:

- بالطبع.. رجال سفارتنا هناك يجرون اتصالًا معهم في الوقت الحالي، وسيصلني تقرير منهم في أية لحظة، و..

قاطعه أزيز متقطع من جيب سترته، فأسرع يلتقط هاتفه المحمول وهو يقول في لهفة:

- أعتقد أن هذا هو التقرير المنتظر.

ووضع الهاتف الصغير على أذنه، قائلًا:

- هل توصَّلتم إلى شيء؟!

واتسعت عيناه في دهشة كبيرة، وهو يهتف:

- أأنتم واثقون من هذا؟

بدا القلق على وجه (زاهر) المتهالك، في حين تطلَّع الضخم والعالم إلى (بارني) في اهتمام، وهو يستمع إلى محدثه في صمت، قبل أن يقول في حزم صارم:

- نعم.. أحضروه إلى هنا بأسرع وسيلة ممكنة.

ثم أنهى المحادثة، وأعاد الهاتف إلى جيب سترته، وهو يتطلَّع بنظرة صارمة إلى (زاهر)، قائلًا:

- معلومات مدهشة من (القاهرة).

سأله العالم في لهفة:

- هل عرفوا شيئًا عن (زاهر)؟

أومأ (بارني) برأسه إيجابًا، وهو يقول:

- بالطبع.. إنهم يعلمون عنه كل التفاصيل الآن.

غمغم (زاهر) في تهالك:

- كل التفاصيل!؟.. ومن منحهم كل التفاصيل؟

انعقد حاجبا (بارني) في شدة، وهو يجيب:

- منحها إياهم (زاهر مطاوع) نفسه.

وعلى الرغم من إرهاقه وتهالكه الشديدين، اعتدل (زاهر)، هاتفًا:

- من!؟

أجابه (بارني) بكل الغضب الهادر في أعماقه:
- لقد سمعتني يا هذا.. (زاهر مطاوع) مازال يقيم في منزله في حي يسمى (شبرا).. والسؤال الآن هو لماذا انتحلت شخصيته؟ ومن أنت بالضبط؟!
وجحظت عينا (زاهر) من فرط الذهول، وعقله يردِّد السؤال في ارتياع..
لو أن (زاهر مطاوع) مازال في (القاهرة)، فمن يكون هو؟!
من؟!
من؟!

☆☆☆

من أنا؟

"مستحيل!!.."

همس (زاهر) بالكلمة لنفسه، وهو يجلس وحيدًا منكمشًا في ركن حجرته الصغيرة، التي سجنوه داخلها، ووضعوا على بابها جنديًا، ليمنعه من مغادرتها..

وكان عقله يكاد ينفجر من فرط الدهشة والغضب، وعدم التصديق..

مستحيل ألا يكون هو (زاهر مطاوع)!

مستحيل!

مستحيل!

صوته..

طبيعته..

أحلامه..

ذكرياته..

هو (زاهر مطاوع)..

هو..

لماذا إذن يصرون على العكس؟!

لماذا يحاولون إقناعه بأنه ليس هو؟!

لماذا؟!

كيف يمكنهم أن يشكوا في أمره؟!

كيف يمكن أن يقولوا: إنه ليس (زاهر)، الذي تخرج في كلية العلوم؟!.. الذي يحب (منى)..

ويحلم معها بعش هادئ سعيد..

إنها مؤامرة..

نعم.. مؤامرة لتجريده من هويته، وبث الشك في عقله، لتحطيم ثقته بنفسه..

لنسف كيانه..

لسحق وجدانه..

ولكن لماذا؟!

كل ما يحدث يؤكد أنهم يبذلون قصارى جهدهم لحل ذلك اللغز العجيب.. يقاتلون لكشف ذلك الغموض..

وذلك (بارني) يؤكد له أن (زاهر مطاوع) مازال هناك في (القاهرة)، وأنهم سيحضرونه إلى الولايات المتحدة الأمريكية خلال ساعات محدودة..
إثنتي عشرة ساعة بالتحديد..
كيف يمكن أن يقولوا هذا، مالم تكن لديهم ثقة تامة فيما يقولون؟!
"مستحيل!.. مستحيل!.. مستحيل!.."..
ردَّد الكلمة في عصبية شديدة، وهو يضمّ ركبتيه إلى صدره، ويدفن وجهه بينهما في عنف.
لقد أخبره (بارني) أنهم تحققوا من شخصية ذلك الشخص في (القاهرة)، وتأكدوا بكل ما يحمله من أوراق رسمية، من أنه (زاهر مطاوع) لا ريب...
فمن يكون هو إذن؟!..
لا..
ينبغي أن يستسلم لما يفعلونه به..
لا ينبغي أن يراوده الشك لحظة واحدة في أنه (زاهر مطاوع)، ولا أحد سواه..
وهذا يعني أيضًا وجود مؤامرة..
شخص ما انتحل شخصيته في القاهرة، لسبب مجهول..
وهذا الشخص هو المسؤول عن إرساله إلى هنا..
نعم.. هذا هو التفسير الوحيد..
ولكن لماذا انتحل ذلك الشخص هويته؟..
وكيف أرسله إلى هنا؟!..
كيف؟!..
كيف؟!..
ومرة أخرى دفن وجهه بين ركبتيه، وراح يردّد كلمة "مستحيل" بصوت أقرب إلى الصراخ والعويل..
صوت يوحي بأن صاحبه قد بلغ الحافة..
حافة الجنون..

☆☆☆

زفر الدكتور (بروس) في توتر شديد، وهو يشير بسبَّابته إلى (بارني)، قائلًا في حدة:
- لست أفهم موقفك يا رجل المخابرات.. لا يمكنني فهمه أبدًا.. فليكن هذا الشاب هو (زاهر مطاوع)، أو (جيمس دالاس)، أو (فرناندو بترو)، أو حتى (سنج سانج).. أي فارق يصنعه هذا؟!.. إننا مازلنا أمام لغز علمي شديد الغموض.. لغز ظهوره المباغت على سطح أعلى مبنى في العالم كله، والمفترض أن تتركز جهودنا كلها على محاولة حل اللغز، وليس على السعي لكشف حقيقة شخصية الرجل.
انعقد حاجبا (بارني) في صرامة، وهو يقول:
- خطأ يا دكتور (بروس). هناك فارق رهيب، بين كون هذا الرجل صادقًا أم محتالًا.. فارق لا يمكنكم إدراكه أيها العلماء.. فلو أن هذا الشخص ينتحل شخصية تخالف حقيقته، فسيضعنا هذا أمام احتمال مخيف، لابد لنا من مواجهته على نحو مباشر.
سأله (بروس) في عصبية:
- أي احتمال هذا؟
أجابه في صرامة:
- احتمال أن يكون جاسوسًا لدولة أخرى.
قفزت الدهشة من كل خلية من خلايا الدكتور (بروس)، وهو يهتف:
- جاسوس؟!
لوَّح (بارني) بيده، قائلًا:
- نعم.. جاسوس لدولة سبقتنا في السلم التكنولوجي، وتوصلت قبلنا إلى اختراع قادر على اختراق الزمان والمكان.
تراجع (بروس) في مقعده، متمتمًا:
- أي تفكير هذا؟!
تابع (بارني)، وكأنه لم يسمع التعليق:
- من أدرانا أن وجود هذا الشاب هنا ليس نتاج التجارب الأولية لذلك الاختراع؟!.. من أدرانا أن المحاولة التالية لن تكون لاحتلال البيت الأبيض، أو البنتاجون، أو لنسف قواعد صواريخنا النووية مثلًا؟!.. كيف يمكن أن يغمض لنا جفن، وهناك احتمال ألا نستيقظ من نومنا ثانية أبدًا؟!
ألا يمكنكم التفكير في كل هذه الاحتمالات أيها العلماء؟!

تطلَّع إليه الدكتور (بروس) لحظة في دهشة، ثم اعتدل في جلسته، قائلًا في حدة واضحة:
- وهل نسيت أيها العبقري أن ذلك الشاب قد خضع لعدد مخيف من الاختبارات، وعلى رأسها التنويم المغناطيسي، وأنه في كل الأحوال لم يكن يكذب أو يخادع، في كل ما قاله؟!
مطَّ (بارني) شفتيه، وقال:
- هذا يشير إلى أنه يؤمن بما قاله فحسب، ولا يعني أنه صادق فيه.
سأله (بروس) في عصبية:
- وما الفارق؟!
أجابه في حزم:
- ربما يؤمن بما قاله، لأن هذا ما زرعوه في أعماقه.. وما جعلوه يؤمن به.. إنها وسيلة قديمة، استخدمت بنجاح في الحرب العالمية الثانية، وفي أثناء الحرب الباردة، بيننا وبين السوفيت، وسيلة تعد تطويرًا رائعًا لأساليب غسيل المخ التقليدية، مع الاستعانة ببعض الأجهزة الحديثة.
غمغم (بروس):
- يا له من تفكير شيطاني؟!..
حمل صوت (بارني) شراسة عجيبة، لا تتناسب أبدًا مع مظهره الأنيق، وهو يقول:
- لابد أن تفكر كالشياطين، عندما تواجه الشياطين يا رجل.
ثم أشار إلى الضخم، الذي ظل صامتًا طوال الوقت، واستطرد وهو يتجه معه إلى الباب:
- وتذكر أنك كنت ستفعل مثلنا، لو أن هذا يخدم مسار العلم.
وغادر مع زميله الحجرة، وصفقا بابها خلفهما في قوة، فتشبَّث الدكتور (بروس) بمسندي مقعده، وانقبضت عضلاته كلها، وهو يستعيد عبارة (بارني) الأخيرة..
ترى هل كان سيفعل مثلهما بالفعل، لو أن هذا يخدم مسار العلم؟!..
كان يتمنى أن يأتيه الجواب سلبيًا؛ ليشعر بأنه مازال آدميًا، يقيم وزنًا للمبادئ والقيم..
ولكن عقله صدمه بالحقيقة بلا رحمة..
نعم.. (بارني) صادق فيما قاله..

لو أن سحق (زاهر) سيخدم مسيرة العلم، لما تردَّد لحظة واحدة في سحقه، وهو يقنع نفسه بأنه يفعل هذا من أجل خير البشرية..

لا فارق بينه وبينهما..

لا فارق..

دفن وجهه بين كفيه، ونهر من المرارة والإحساس بالخزي والعار يتدفق في أعماقه، و...

وفجأة، ودون سابق إنذار، كما يحدث مع الكثير من العلماء، قفزت إلى رأسه فكرة عجيبة..

فكرة انطلقت بغتة، من أعمق أعماق الباطن، لتضع تفسيرًا لذلك اللغز.. وبحركة حادة عنيفة، اعتدل في مجلسه، وجذب وجهه من بين كفيه، واتسعت عيناه عن آخرهما، وهو يهتف:

- رباه!.. أمن الممكن أن..

لم يتم تساؤله، وإنما التقى حاجباه بشدة، وعقله يجاهد لاستعادة نظرية علمية، قرأها في أحد المراجع، ثم لم يلبث أن نهض، و اتجه إلى مكتبته، وراح يبحث فيها عن مرجع قديم، يعود تاريخه إلى أوائل السبعينات، ولم يكد يعثر عليه، حتى التقطه في لهفة، وقلب صفحاته، وهو يغمغم:

- كم سيدهشني أن أجد الجواب هنا!.. ستكون مصادفة عجيبة بالفعل!.. عالم مصري يضع نظرية تفسر لغز وجود مصري آخر، بعد أكثر من ربع القرن!!.. أهذا ممكن؟!

ثم توقف عند صفحة بعينها، وراح يلتهم كلماتها التهامًا، ودرجة حرارة عقله ترتفع وترتفع وترتفع..

ومع كل سطر يمضي، كان يزداد ثقة بأنه قد عثر أخيرًا على الحل.. حل ذلك اللغز..

لغز (زاهر مطاوع)..

☆ ☆ ☆

تصاعدت حدة التوتر في أعماق (زاهر) إلى الذروة، عندما وجد نفسه أمام (بارني) والضخم، في حجرة كبيرة، مع رجلين يرتديان معطفين أشبه بمعاطف الأطباء، فسأل في عصبية:

- ماذا ستفعلون بي بالضبط؟

رمقه (بارني) بنظرة صارمة، قبل أن يجيب في خشونة:

- لا تخش شيئًا يا هذا.. إنه مجرَّد اختيار بسيط.
هتف (زاهر) في حدة باللغة العربية:
- اختبار آخر؟! لن أخضع لأية اختبارات أخرى. كفاكم ما فعلتموه بي حتى الآن.. لم أعد أحتمل المزيد.. أرسلوني إلى السجن، أو أعيدوني إلى (القاهرة)، ولكنني لن أخضع لأية اختبارات أخرى.. لن أفعل.. لن أفعل.
تمتم أحد صاحبي المعاطف البيضاء في قلق:
- يلوح لي أنه يوشك على الإصابة بانهيار عصبي.. إنه يصرخ بالعربية، دون أن ينتبه إلى أننا لا نفهم حرفًا واحدًا مما يقول، وهذا يعني أن إدراكه قد تشوش، وأن الـ...
قاطعه (بارني) في صرامة:
- لا تقلق نفسك بهذا الأمر.
ثم التفت إلى (زاهر)، وقال بحزم شديد:
- اسمع يا هذا.. ثورتك لن تجدي شيئًا.. إنك ستخضع لهذا الاختبار، شئت أم أبيت، وكل ما أستطيع أن أعدك به هو أن يكون الاختبار الأخير بالنسبة لك.
كانت مشاعر (زاهر) كلها تلتهب بثورة عارمة، ولكنه قاوم كل هذا، وهو يسأل (بارني):
- أي اختبار هذا؟
شدّ (بارني) قامته، وهو يجيب:
- مصل الحقيقة.
هتف (زاهر):
- ماذا؟!
أجابه (بارني) في سرعة:
- مصل الحقيقة.. (بنتوثال الصوديوم)، الذي استخدمه الألمان قديمًا، لانتزاع الاعترافات من الجواسيس.. إنه مادة تجعلك في حالة أشبه بالغيبوبة، ولكنك قادر على السمع والرؤية والتحدث، مما سيجعل من العسير عليك أن تكذب، ولن يمكنك إلا أن تجيب بكل صدق وعفوية. (حقيقة)
بدا مزيج من التوتر والتردّد والقلق على وجه (زاهر)، فسأله الضخم في خبث:

- هل يخيفك هذا؟
التفت إليه (زاهر)، وقال في عصبية:
- كلا.. لو أنه سيثبت لكم أني (زاهر مطاوع) الحقيقي.
قال (بارني) في صوت قاس:
- سنرى.
ثم أشار إلى مقعد كبير في منتصف الحجرة، مستطردا:
- هيا.. دعنا نبدأ الاختبار..
بدأ أحد الرجلين الآخرين في إعداد المحقن والمادة، في حين جذب الآخر (زاهر) في رفق إلى المقعد، وهو يقول:
- اطمئن.. المصل لا يسبّب أية أعراض جانبية حادة.. فقط ستفقد توازنك لبعض الوقت، ثم..
قاطعه (زاهر) بغتة، وهو يشير إلى هاتف قريب في لهفة:
- آه.. هناك هاتف.
انعقد حاجبا (بارني)، وهو يقول:
- ماذا تريد من الهاتف؟
أجابه (زاهر) بسرعة:
- أريد التحدث إلى (القاهرة).
ازداد انعقاد حاجبي (بارني)، وقال:
- إلى (القاهرة)؟! ولماذا؟!
أجاب (زاهر) في لهفة واضحة:
- لا ريب في أن خطيبتي (منى) تشعر بقلق هائل الآن، فأنا متغيب منذ ثلاثة أيام.. أريد أن أتحدَّث إليها، وأخبرها أنني بخير هنا.
تبادل (بارني) نظرة صامتة مع الضخم، الذي عقد حاجبيه بدوره، وكأنما لا يروق له هذا، ولكن (بارني) حك ذقته بسبَّابته وإبهامه بعض الوقت، ثم قال:
- فليكن.. أعتقد أن هذا يمكن أن يفيد.
ثم استدرك في حزم:
- ولكنني سأستمع إلى المحادثة.
لم يشعر (زاهر) بالارتياح لهذا، ولكنه غمغم:
- لا بأس، ولكن تذكر أننا سنتحدث أنا وخطيبتي بالعربية وليس بالإنجليزية.

تمتم (بارني):
- أعلم هذا.
التقط (زاهر) سماعة الهاتف في لهفة، وطلب رقم خطيبته (منى) في القاهرة، واستمع إلى رنين الهاتف على الطرف الآخر في عصبية، وخفق قلبه في عنف، عندما فتح الخط، وكاد يصرخ من الفرحة، عندما سمع صوت (منى) الرقيق، وهي تقول:
- آلو.. من المتحدث؟!
هتف بكل سعادته ولهفته:
- إنه أنا يا (منى).. أنا.
لم تبد في صوتها تلك اللهفة التي توقعها، وهي تقول:
- (زاهر)؟!.. من أين تتحدث؟!
أجابها في سرعة:
- من الولايات المتحدة الأمريكية.. لا تجعلي هذا يدهشك.. لقد وصلت إلى هنا بأسلوب عجيب، و...
قاطعته (منى) في دهشة:
- وصلت إلى هناك؟! ولكن هذا مستحيل يا (زاهر)..
قال متوترًا:
- قلت لك: إنها.
ولكنه فوجئ بها تتابع بنفس الدهشة:
- لقد أوصلتك بنفسي إلى المطار منذ ساعة واحدة.
انعقد حاجبا (بارني) في شدة، في حين اتسعت عينا (زاهر) عن آخرهما، وهو يقول بصوت لا يكاد يخرج من حلقه المختنق:
- أوصلتني بنفسك.
أتاه صوتها، وهي تقول:
- مزحة طريفة ومكشوقة يا (زاهر).. أنا أعلم بالطبع أنك تتحدَّث من المطار.. قل لي.. هل تأخر إقلاع الطائرة؟!
ألجم الذهول لسانه، وخنق الكلمات والمشاعر في أعماقه، فاكتفى بالتحديق في الهاتف بنظرة بلهاء، وصوت (منى) يتردَّد، قائلًا:
- ألو.. (زاهر).. هل تسمعني؟!.. ماذا حدث يا (زاهر)؟ ماذا حدث؟!

ضغط (بارني) زر الهاتف، وأنهى الاتصال، ثم التقط السماعة من يد (زاهر)، وأعادها إلى موضعها، وهو يتطلَّع إليه بنظرة حازمة، جعلت (زاهر) يغمغم:

- أعتقد أنه من الأفضل أن تبدأ الاختبار.

وفي خطوات بطيئة متثاقلة، اتجه نحو المقعد، وألقى نفسه فوقه، ومدّ يده إلى صاحب المعطف الأبيض، ليحقنه بمصل الحقيقة..

الحقيقة، التي صار أكثر الجميع رغبة في معرفتها..

الحقيقة، التي أصبحت بالنسبة إليه مجرَّد جواب لسؤال محدود..

تري من هو؟!

من؟!

☆☆☆

خفق قلب الدكتور (بروس) في عنف، وهو يدلف بسيارته إلى ذلك الحي الأنيق، الذي يضم فيلات العلماء، الذين عملوا أو يعملون لحساب (ناسا)، وانحرف إلى اليسار، ليتجه نحو فيلا صغيرة، بدت مهملة إلى حد ما، مقارنة بالفيلات المحيطة بها، وتوقف أمام سورها الخشبي القصير، وغادر سيارته ليعبر حديقتها، التي ارتفعت حشائشها على نحو زائد، وهو يغمغم مبتسمًا:

- من الواضح أن العلم مازال يشغلك عن حياتك اليومية يا دكتور (نجيب).

وهزَّ رأسه لحظة، قبل أن يدق جرس الباب..

ولبعض الوقت، خُيل إليه أن الفيلا خالية، لولا أن تناهى إلى مسامعه وقع أقدام تقترب من الباب، فتنحنح، وشدّ قامته، وعدَّل من هندامه، قبل أن ينفتح الباب، ويظهر على عتبته شيخ في أوائل السبعينات من عمره، يتمتع بصحة جيدة، على الرغم من شعره القليل، الذي وخطه الشيب عن آخره، ومنظارة الطبي السميك، الذي تطلَّع من خلفه إلى الدكتور (بروس)، قائلًا:

- لو أنك بائع جائل، أو مندوب إحدى المجلات العلمية، فليس لدي أدنى استعداد لـ..

قاطعه (بروس)، وهو يقول بابتسامة كبيرة:

- ألا تذكرني يا دكتور (نجيب)؟!

تطلَّع إليه الشيخ بضع لحظات، من خلف منظاره الطبي، قبل أن يغمغم في حيرة:

- وهل المفترض أن أفعل؟

أجابه (بروس)، دون أن تفارقه ابتسامته:

- أنا (بروس).. الدكتور (إدوارد بروس)،.. كنت تلميذك منذ ثلاثين عامًا، وعملت كمساعد لك، في أوائل السبعينات.

ردَّد الدكتور (نجيب):

- (بروس).. آه.

لم يبد عليه أنه تذكر الرجل، إلا أنه، وعلى الرغم من هذا، تراجع قليلًا عن الباب؟ ليفسح له المجال للدخول، وهو يقول:

- تفضَّل يا دكتور (بروس).. مرحبًا بك في منزلي.. تفضل.

دلف الدكتور (بروس) إلى المكان، وانتظر حتى استقرَّ بهما المقام في الردهة، ثم قال دون مقدمات:

- أنا هنا من أجل نظريتك القديمة يا دكتور (نجيب).

انعقد حاجبا الشيخ، وهو يغمغم:

- نظريتي القديمة؟!

أجابه بسرعة ولهفة:

- نعم.. تلك النظرية التي وضعتها في بداية السبعينات، والتي أثارت جدلًا علميًا واسعًا حولها، في ذلك الحين.

تألق بريق حيوي في عيني الشيخ، وهو يقول:

- آه.. تلك النظرية.. إنهم لم ينجحوا في استيعابها قط.. ربما أمكنهم هذا بعد عدة سنوات، إذا ما نجحوا في...

قاطعه (بروس):

- أعتقد أن لدي دليلًا على صحة نظريتك.

لم يكد ينطق عبارته، حتى خُيل إليه أن ارتجافة عنيفة قد سرت في جسد الشيخ، الذي زاغت نظراته لحظة، قبل أن يدفع جسده إلى الأمام، هاتفًا:

- دليل؟!

أومأ الدكتور (بروس) برأسه إيجابًا، ودفع إليه بمظروف كبير، يحوي كل شيء عن (زاهر)..

قصته من أولها..

نتائج فحوصاته واختباراته..

تقرير الطب النفسي..
جلسة التنويم المغنطيسي..
كل شيء..
وبأصابع مرتجفة بفعل العمر والانفعال، التقط الدكتور (نجيب) المظروف، وفضه في لهفة، وراح يطالع الأوراق.
وكان من الواضح أن الدكتور (بروس) قد أصاب الهدف المنشود بكل دقة..
لقد اتسعت عينا الدكتور (نجيب)، وتألقتا ببريق يفيض بالحيوية والنشاط، حتى بدا وكأنما انخفض عمره عشرين عامًا على الأقل، وهو يمضي قدمًا في مطالعة الأوراق والنتائج، ثم لم يلبث أن اعتدل في النهاية، وخلع منظاره الطبي، وبدت عيناه مغرورقتين بالدموع، وهو يتمتم:
- أخيرًا.
هتف به (بروس):
- أتعنى أن نظريتك تنطبق على تلك الحالة؟
أومأ الدكتور (نجيب) برأسه إيجابًا، قبل أن يتمتم في انفعال:
- تمامًا.. كل شيء ينطبق على هذه الحالة بمنتهى الدقة.
سأله (بروس):
- حتى تلك الشرارات الكهربية التي..
قاطعه (نجيب)، وهو يلوِّح بيده، قائلًا:
- كل شيء.. كل شيء..
ثم مال أكثر إلى الأمام، حتى كاد يسقط من مقعده، وهو يستطرد في لهفة:
- أريد أن أرى ذلك الشاب.. أريد أفحصه، قبل فوات الأوان.
تراجع (بروس) في دهشة، مرددًا:
- قبل فوات الأوان؟!
أومأ الدكتور (نجيب) برأسه إيجابًا، وقال:
- بالطبع.. التجربة التي خاضها عنيفة للغاية، حتى وإن لم يشعر بأدنى ألم عند مروره بها، وسينهار جسده رويدًا رويدًا، حتى يلقي مصرعه.
هتف (بروس) في انزعاج:
- رباه!.. ألا يمكن تفادي حدوث هذا؟!
رفع الدكتور (نجيب) سبَّابته أمام وجهه، وهو يقول:

- هناك وسيلة واحدة.

سأله (بروس) في لهفة:

- ما هي؟!

أعاد الدكتور (نجيب) منظاره إلى أنفه، وأشار بسبَّابته إلى الأمام، مجيئًا في حزم:

- أن نعيده من حيث أتى.

وحان دور الدكتور (بروس) لينتفض في عنف..

فلقد بدا له أن الحل الوحيد للمشكلة هو المستحيل! المستحيل بعينه!

الفرار

هزَّ (سميثي) الضخم رأسه في شيء من الحيرة، وهو يسأل (بارني) بصوت خشن غليظ:

- ما رأيك في هذا الأمر؟!.. هل تعتقد حقًّا أن ذلك الشاب ينتحل شخصية أخرى؟!

أجابه (بارني) في صرامة، وهو يرفع قدميه فوق سطح مكتب صغير، في الحجرة التي يحتلانها:

- ليس من حقنا أن نعتقد ونتصور يا (سميثي).. في عملنا هذا لا يحق لنا الاعتماد إلا على الأمور الواضحة، ذات الدلالات المادية القوية، التي لا تقبل الشك.

قلب (سميثي) كفيه في حيرة، وهو يغمغم:

- وما الأدلة التي لا تقبل الشك في هذه القضية؟!.. إن كل شيء يبدو بالنسبة لي مشوشًا مضطربًا، وبالغ العجب والغرابة.

أشار (بارني) بيده، قائلًا:

- مازالت هناك أمور يمكن التيقن منها.

سأله (سميثي) في اهتمام:

- مثل ماذا؟!

لوَّح (بارني) بكفه، وأسبل جفنية في إرهاق، قائلًا:

- لقد طلبت من رجالنا في (القاهرة) إرسال صورة (زاهر) بوساطة (الفاكس)، مع نسخة من بصماته.

سأله الضخم:

- وهل تعتقد أن هذا سيحسم شيئًا؟!

هزَّ (بارني) كتفيه، دون أن يجيب، وأغلق عينيه تمامًا، على نحو يوحي بالنوم، وران على الحجرة، صمت ثقيل، استغرق ثوان معدودة، قبل أن يرتفع رنين الهاتف المتصل بجهاز (الفاكس)، فاعتدل (بارني) في حركة حادة، وكاد يختطف الورقة التي برزت من الجهاز، في شدة لهفته، ومال الضخم برأسه ليلقي نظرة عليها، ثم هتف في دهشة:

- عجبًا؟.. إنه صورة طبق الأصل من ذلك الذي نحتجزه.

انعقد حاجبا (بارني) في شدة، على نحو يشفّ عن عدم ارتياحه لهذه النتيجة، وغمغم في شيء من العصبية:

- هذا أمر طبيعي.. لن ينتحل شخصيته آخر، دون أن يشبهه تمامًا في ملامحه.. جراحات التجميل جعلت هذا أمرًا ممكنًا.

ثم التقط نسخة البصمات، وتطلَّع إليها لحظات في صمت، قبل أن يضغط أحد أزرار الهاتف، ويقول في لهجة آمرة:

- أرسلوا شخصًا لأخذ نسخة بصمات أريد مقارنتها ببصمات ذلك المصري على الفور.

سأله الضخم، وهو مازال يتطلَّع إلى الصورة المرسلة بالفاكس في دهشة:

- ما الذي تتوقعه من مقارنة البصمات؟

مطَّ (بارني) شفتيه، وتنهَّد في عمق، قبل أن يغمغم:

- من يدري؟!.. ربما تحمل لنا تلك المقارنة جديدًا.

قالها دون أن يدرك أنه نطق نبوءة جديدة..

فمقارنة البصمات ستحمل له حتمًا أمرًا جديدًا..

ومدهشًا..

مدهشًا للغاية..

☆ ☆ ☆

اعتدل الجندي الواقف عند باب حجرة (زاهر) في احترام، عندما اقترب منه الدكتور (بروس) والدكتور (نجيب)، وأشار إليه الأوَّل، وهو يقول في لهجة حازمة آمرة:

- أحضر الشاب، سنجري عليه اختبارًا آخر.

ارتفع حاجبا الجندي في دهشة، وهو يختلس نظرة إلى ساعة الحائط، التي تشير عقاربها إلى قرب منتصف الليل، وقال في تردّد:

- معذرة يا دكتور (بروس)، ولكن أوامر الـ...

قاطعه (بروس) في صرامة:

- لحساب من تعمل يا رجل.

ارتبك الجندي، وهو يجيب:

- لحساب (ناسا) يا سيّدي.

أزاحه (بروس) جانبًا، وهو يقول بلهجة صارمة غاضبة:

- لا تطع إلا أوامر رجال (ناسا) إذن.

بدا القول منطقيًا للغاية، بالنسبة للجندي، فشدّ قامته، وأدى التحية العسكرية بحركة آلية، قائلًا:

- كما تأمر يا سيّدي.
دلف الدكتور (بروس) إلى حجرة (زاهر)، وخلفه الدكتور (نجيب)، الذي يدفع قدميه دفعًا، ويبذل قصارى جهده لمقاومة لهفته وفضوله، اللذين عجزا عن الاختفاء في أعماقه، عندما أصبح داخل الحجرة، فهتف مشيرًا إلى (زاهر):
- أهذا هو؟!
اعتدل (زاهر) على فراشه بحركة حادة، وتراجع هاتفًا في هلع:
- ماذا هناك؟!.. ماذا تريدون مني هذه المرة؟!
ربَّت الدكتور (بروس) على كتفه في رفق، وهو يقول:
- اطمئن يا فتى.. نحن هنا لمساعدتك.
ردَّد (زاهر) في شك:
- مساعدتي؟!
مال (نجيب) نحوه، وتطلَّع إلى وجهه بشغف شديد، قبل أن يهمس:
- سنعيدك من حيث أتيت.
اتسعت عينا (زاهر) عن آخرهما، وكاد فكه السفلي يسقط من فرط الدهشة، وهو يهتف:
- ماذا؟!
ربَّت (بروس) على كتفه ثانية، وهمس في أذنه:
- ثق بنا يا فتى، ولا تأت بأية انفعالات يمكن أن تثير شكوك الحارس.. هيا.. اتبعنا.. إننا نسعى حقًّا لمعاونتك على الخروج من هذا الموقف.
كانت الدهشة تغمر (زاهر)، من قمة رأسه حتى أخمص قدميه، إلا أن شيئًا ما في أعماقه جعله ينهض، ويتبعهما في صمت، عبر ممرات المبنى المتشابكة، حتى وصل ثلاثتهم إلى سيارة كبيرة، تنتظر في موقف السيارات، دفعه الدكتور (بروس) داخلها، وهو يقول في انفعال:
- أسرع بالله عليك.. ليس لدينا الكثير من الوقت.
وما أن أصبح الثلاثة داخل السيارة، حتى انطلق بها الدكتور (بروس) بسرعة، وهتف (زاهر) في توتر عنيف:
- ماذا يحدث؟!.. ماذا ستفعلون بي؟
ابتسم (نجيب)، وهو يقول له بالعربية:
- اطمئن يا ولدي.. إننا نحاول مساعدتك فحسب.
هتف (زاهر):

- أأنت (مصري)؟!
أومأ (نجيب) برأسه إيجابًا، وربَّت على كتفه، قائلًا:
- وأسعى لإخراجك من هذا الموقف.
حدَّق (زاهر) في وجهه لحظة، ثم أدار عينيه بين وجهيهما، وقال في حيرة مذعورة:
- ماذا يحدث بالضبط؟!.. كيف يمكنكما مساعدتي على الخروج من هذا؟!.. وماذا تقصد ان بقولكما بأنكما ستعيداني من حيث أتيت؟!.. هل سأعود إلى ذلك المركز في (نيويورك)؟!
أجابه الدكتور (بروس)، وهو ينطلق نحو مطار خاص صغير، بالقرب من (ناسا):
- لا.. لن نعود إلى هناك.. لقد أجرى الدكتور (نجيب) حساباته، وحدَّد النقطة المطلوبة، وسيحتاج الوصول إليها إلى ساعة وعشر دقائق من الطيران، وكل ما نسعى إليه هو أن نبلغها في الوقت المناسب، وإلا فستضيع فرصة عودتك إلى الأبد.
اتسعت عينا (زاهر) في ارتياع، وهو يردّد:
- ماذا يعني هذا؟!.. ما الذي يعنيه بالله عليكما؟!
اندفع (بروس) بالسيارة داخل المطار الخاص، وتوقف إلى جوار طائرة صغيرة، وهو يقول في انفعال:
- سنشرح لك كل شيء بالطبع، ولكن أسرع الآن بالله عليك، فليس أمامنا الكثير من الوقت.
غادر (زاهر) السيارة معهما في توتر، واستقلوا الطائرة الخاصة التي بدا وكأنها كانت متأهبة للإقلاع فور وصولهما، إذ لم تمض دقائق خمس، حتى كانت تحلق في الهواء، في طريقها إلى وجهة يجهلها وحده، ولقد تضاعف توتره، عندما سمع الدكتور (نجيب) يسأل:
- هل تعتقد أنهم لن يكشفوا الأمر، قبل وصولنا إلى الهدف؟
أجابه (بروس) في توتر ملحوظ:
- لقد استأجرت سيارة أخرى، وسيحتاج الأمر منهم إلى بعض الوقت لكشف ما فعلناه، وفي خلال هذا نكون قد بلغنا الهدف.
هتف (زاهر) في حدة:
- ألم يحن الوقت بعد، لأعلم ما تفعلانه بي، وإلى أين تحملاني بالضبط؟!
تبادل العالمان نظرة صامتة، ثم ربَّت الدكتور (نجيب) على ركبته، قائلًا:

- بالطبع يا ولدي.. بالطبع.. لقد عانيت الكثير، ومن حقك الآن أن تجد تفسيرًا لكل ما حدث.
ازدرد (زاهر) لعابه في صعوبة، وهو يسأل بصوت أجش مبحوح، من فرط اللهفة والانفعال:
- هل.. هل تعني أن لديك تفسيرًا لوجودي هنا؟!
أومأ (نجيب) برأسه إيجابًا، وقال:
- بالطبع.
تشبَّث (زاهر) بسترته، وهو يهتف:
- أخبرني ما لديك بالله عليك.
تنهَّد الدكتور (نجيب) وربَّت على كتفه، وهو يقول:
- سأخبرك بكل شيء يا ولدي، ولكن اهدأ، فقبل أن أخبرك كيف حدث ما حدث لك، ينبغي أن أقص عليك أولًا بعض الأمور.
سأله (زاهر) في توتر:
- أية أمور؟!
اعتدل الدكتور (نجيب) في مقعده، وأزاح يد (زاهر) عن سترته، قبل أن يقول في هدوء:
- منذ فترات طويلة، وعبر عشرات السنين، يواجه العلم عددًا من الألغاز الغامضة، التي تثير حيرته وارتباكه، ويعجز معها عن إيجاد تفسيرات منطقية، تروي لهفته، أو تشبع فضوله.. ومن هذه الألغاز، وعلى رأسها بالنسبة لما نحن بصدده، حالات الاختفاء والظهور الغامضة، فبعد ظهر يوم الثالث والعشرين من سبتمبر عام ألف وثمانمائة وثمانين مثلًا، في مدينة (جالاتين) بولاية (تنيسي) الأمريكية، كان القاضي (أوجست بيك) في طريقه إلى مزرعة صديقه (دافيد لانج)، لقضاء أمسية دافئة معه، كعادته في العديد من الأمسيات، وعندما اقترب من المزرعة، رأى زوجة (لانج) وطفليه (جورج) و(سارة)، مع رفيقة لهما في شرفة المكان، يتطلعان إلى (لانج)، الذي بدا له واضحًا، وهو يعبر الحقول، في طريقه إلى المنزل ولقد لمحه (لانج)، فلوَّح له بيده، وتقدَّمه خطوتين، و...
صمت لحظة عند هذه النقطة، وتطلَّع إلى عينى (زاهر)، قبل أن يضيف:
- واختفى.

ارتجف جسد (زاهر) على نحو واضح، وهو يحدّق في وجه (نجيب)، الذي تابع في اهتمام:

ـ حدث هذا أمام أعين الجميع، وعلى نحو جعلهم يتصورون أن (لانج) قد سقط في حفرة ما وسط الحقول، فأطلقت زوجته صرخة فزع، وانطلق الجميع نحو البقعة التي اختفى فيها، ولكنها كانت خالية تمامًا من أي أثر، ولم يجدوا بها أية فجوات، ولقد أطلقوا جرس الإنذار، بعد ساعتين كاملتين أعياهم خلالهما البحث عنه، فخرج القرويون في منازلهم، وشاركوا في عملية البحث عن (دافيد لانج) لخمس ساعات أخرى، فتشوا خلالها كل شبر في المزرعة دون جدوى.. ولم يقتصر الأمر على هذا، بل لقد اجتمع عشرات الرجال في الأيام التالية، وحفروا الأرض، بحثًا عن كهوف أو حفر خفية، ولكن (دافيد لانج) كان قد اختفى تمامًا، ولم يعثر له أحد على أدنى أثر للأبد. (حقيقة)

فغمغم (زاهر) مبهورًا:

ـ رباه!.. أين ذهب إذن؟!

تجاهل الدكتور (نجيب) السؤال، وهو يواصل:

ـ حدث هذا أيضًا في (الإسكندرية)، في السبعينات، عندما كانت سيدة تسير إلى جوار زوجها، ثم اختفت فجأة، فتصوَّر الزوج المذعور أنها سقطت في حفرة قريبة، واهتمَّت السلطات بالأمر، وتم تفتيش الحفرة، وكل شبكات المجاري والصرف في المدينة، وحتى الأنفاق القديمة، التي تخلفت عن (الإسكندرية) البطلمية، دون جدوى، ودون أن يتم العثور على أدنى أثر لها.

تمتم (زاهر):

ـ هل تشير إلى علاقة هذا بـ..

قاطعه الدكتور (نجيب)، وهو يستطرد:

ـ وهذه ليست حوادث الاختفاء الغامضة الوحيدة، فهناك حادث اختفاء الثلاث فرق صينية كاملة، أثناء الحرب العالمية الثانية، دون أن تترك خلفها أدنى أثر، وحوادث اختفاء طائرات وسيارات، وبشر، لم تنته التحقيقات المكثفة حولها إلا إلى مزيد من الغموض والحيرة.

تصاعد قلق (زاهر) أكثر وأكثر، وتراجع في مقعده، وهو يتطلَّع إلى الدكتور (نجيب) في صمت، في حين التقط الشيخ أنفاسه، وخلع منظاره الطبي، ومسحه بمنديله، ثم عاد يرتديه، قائلًا:

- والأمر لا يقتصر في هذه الحوادث الغامضة على الاختفاء، وإنما يمتد، كما في حالتك، إلى حوادث ظهور مفاجئ غير مفسَّر، ولعل أشهرها حادثة وقعت ذات يوم مشرق، من أيام أكتوبر، عام ألف وخمسمائة وثلاثة وتسعين، فوسط زحام السوق في مدينة (مكسيكو سيتى)، كان المارة يختلطون بالجنود، أصحاب الزي المميز، ثم لاحظ الجميع وجود جندي حائر مرتبك، يرتدي زيًا لا يشبه أزياء الجنود التقليدية كما أنه يحمل سلاحًا يختلف تمامًا عن أسلحتهم، وعندما اتجه إليه الجنود، وحاصروه بأسلحتهم، أجابهم في اضطراب أنه خرج في الصباح لتنفيذ أمر بحراسة قصر الحاكم في (مانيلا)، حيث يعمل، ثم أخبرهم أنه حائر بشدة، وأنه واثق من أن هذا ليس قصر الحاكم، وأنه ليس في (مانيلا). ولكنه سيؤدي واجبه بقدر استطاعته، خاصة وأن الحاكم قد قتل ليلة أمس.. ولقد كانت صدمة عنيفة لذلك الجندي بالتأكيد، عندما علم أنه على بعد آلاف الكيلو مترات من (مانيلا)، ورفض تصديق هذا تمامًا، كما رفض الآخرون تصديق قصته، والاقتناع بأنه قطع المسافة من (مانيلا) إلى (مكسيكو سيتي) في ليلة وضحاها، وتم إلقاؤه من السجن، باعتباره جاسوسًا..

شحب وجه (زاهر)، عند هذا الجزء، وتمتم:

- رباه!.. هذه القصة تشبه ما حدث لي!

وافقه الدكتور (نجيب) بايماءة من رأسه، وهو يتابع:

- وبعد شهرين من وضعه في السجن، وصلت سفينة من (الفلبين) تحمل خبر مقتل الحاكم، في نفس الليلة التي ذكرها الجندي، مما جعلهم يطلقون سراحه، وإن لم يستطع مخلوق واحد، عبر أربعمائة سنة تفسير رحلته العجيبة هذه، عبر الزمان والمكان.

اتسعت عينا (زاهر) في ذعر، وغمغم:

- ولكنك تملك التفسير.. أليس كذلك؟!.. قل لي إن لديك تفسيرًا لكل هذا.. قل لي بالله عليك.

ربَّت الدكتور (نجيب) على كتفه مهدئًا، وهو يقول:

- بالطبع يا ولدي.. بالطبع.. والذي لا يكتفي بتفسير حالتك فحسب، وإنما يفسر أيضًا كل حالات الأمطار العجيبة، التي سجلتها مراجع الألغاز الغامضة.

سأله (زاهر) مبهوتًا:

ـ أية أمطار؟!

تنحنح الدكتور (نجيب)، وبدا وكأن الحديث المتواصل قد أرهقه، وهو يشير إلى الدكتور (بروس)، الذي اعتدل في مقعده، والتفت إلى (زاهر)، قائلًا.

ـ هذه أكثر الحوادث شيوعًا، على الرغم من غرابتها يا فتى، فعبر التاريخ المكتوب، شهدت مواقع مختلفة في العالم أمطارًا عجيبة، لا تحمل قطرات المطر وحدها، وإنما تسقط معها طيور، أو أسماك، أو ضفادع، أو حتى تماسيح وثمار.

اتسعت عينا (زاهر) في دهشة بالغة، لم يتوقف عندها الدكتور (بروس)، الذي تابع في اهتمام:

ـ ففي منتصف أكتوبر، من عام ألف وثمانمائة وستة وأربعين، هطلت على بعض أجزاء (فرنسا) أمطار حمراء، تساقطت معها بكثافة آلوف الطيور الممزقة والملوثة، من مختلف الأنواع، وكان سبب موت معظمها هو ارتطامها بالأرض عند السقوط، ولم يفهم شخص واحد سر هذه الظاهرة، التي تكرَّرت مرة ثانية في يوليو، عام ألف وثمانمائة وستة وتسعين، أو بعد نصف القرن تقريبًا، ولكن بدون الأمطار، فقد تساقطت عشرات الطيور الميتة على مدينة (باتون روج)، بولاية (لويزيانا)، من بينها نقار الخشب، والشحرور، والبط البري، وغيرها. والأعجب أن بعض الأنواع كان يندر وجودها في المنطقة، وبعضها أنواع غير معروفة على الإطلاق.. ثم حدث هذا مرة ثالثة في أغسطس عام ألف وتسعمائة وستين، في مدينة (كابيتولا) بولاية (كاليفورنيا)، حيث استيقظ السكان في الصباح ليفاجأوا بأن الطيور الميتة تغطى مدينتهم كلها، والغريب أنها كانت من النوارس المائية، التي تتخذ أعشاشها في المعتاد في القارة الأسترالية، والشاطئ الياباني.. والأمر ليس قاصرًا على الطيور فحسب، ففي (دلاس) الأمريكية هطلت أمطار من الأسماك في الثامن عشر من يونيو، عام ألف وتسعمائة وثمانية وخمسين، وكلها من نوع واحد، يتراوح طولها بين ثلاث وأربع بوصات، ولونها رمادي داكن تتخلَّله بقع حمراء مذهبة، وذيلها أحمر.

وفي الثاني عشر من يوليو، عام ألف وتسعمائة وواحد وستين، تساقطت من السماء ثمار الخوخ، على مبنى بشارع (اللوفر) في مدينة (شريفبورت)، وفي عام ألف وثمانمائة وثمانين، تساقطت أحجار مختلفة الأحجام على مدينة (أوزارك) في (أركانساس)، وقبل هذا بعشر سنوات، وفي شهر أغسطس، أمطرت السماء مئات من سحالي الماء على مدينة (سكرامتو)، طوال الواحدة منها ما بين بوصتين وثماني بوصات. أما أغرب حالات الأمطار العجيبة، فهي سقوط تمساح من نوع (اليجينور)، يزن حوالي ستين رطلًا، في حديقة منزل في (لونج بيتش)، عام ألف وتسعمائة وستين، ولم تكن المنطقة كلها بجفافها تصلح لعيش مثل هذا النوع من التماسيح، مما أثار حيرة ودهشة الجميع لسنوات وسنوات، دون أن يصل أحد إلى تفسير منطقي لمثل هذه الأمور (حقائق تاريخية مسجلة).

كان توتر (زاهر) قد بلغ ذروته، فقال في عصبية شديدة:

- ولكن الدكتور (نجيب) يملك تفسيرًا.. أليس هذا ما تريد قوله؟!.. هناك تفسير.. أليس كذلك؟!

تبادل الرجلان نظرة صامتة قلقة، فهتف بكل انفعاله:

- أريد معرفة ذلك التفسير.. هذا حقي.. أريد معرفته دون مقدمات، أو روايات أخرى معقدة.. أريد معرفة ذلك التفسير مباشرة.. أريد معرفة الحقيقة.

تبادلا نظرة أخرى، قبل أن يغمغم الدكتور (نجيب):

- بالطبع يا ولدي.. هذا حقك.

ثم تطلَّع إلى عيني (زاهر) مباشرة، وقال في حزم:

- الحقيقة هي أنك لا تنتمي إلى هذا العالم يا ولدي.. لا تنتمي إليه على الإطلاق.

وفي هذه المرة، كانت انتفاضة (زاهر) عنيفة..

عنيفة إلى أقصى حد.

☆☆☆

حل اللغز

اتسعت عينا (بارني) في ذهول، وكاد يثب من مكانه، وهو يحدّق في تقرير مقارنة البصمات، ويهتف:

- مستحيل!.. هناك خطأ ما حتمًا.. مستحيل!

سأله الضخم في قلق:

- ماذا حدث؟!

أجابه في انفعال جارف، وهو يلوّح بالتقرير:

- هؤلاء الأغبياء يقولون: إن البصمات متطابقة تمامًا، وإنها للشخص نفسه، وهذا مستحيل، المفترض أنهم يقارنون بصمات الشاب الذي لدينا، بتلك التي وصلتنا بالفاكس من (القاهرة).. وهذا مستحيل!!.. لا يمكن أن يتواجد شخص ما في مكانين في آن واحد.. مستحيل!.. مستحيل!

بُهت الضخم للقول، وظلّ يحدّق في وجه زميله بضع لحظات، قبل أن يقول في تردَّد متوتر:

- ربما هناك خدعة في الأمر.. ربما أبدلوا صحيفة ذلك الذي في (القاهرة) بأخرى، تحمل بصمات الذي لدينا هنا، و...

قاطعه (بارني) في عصبية:

- لم يحدث هذا يا (سميثي).. البصمات تم الحصول عليها من صاحبها مباشرة، هنا وهناك.

تراجع الضخم في حدة، هاتفًا:

- ولكن هذا مستحيل!.. لقد علمونا أن البصمات لا تتطابق قط، حتى بالنسبة التوائم المتماثلة (حقيقة)

انعقد حاجبا (بارني) في شدة، وهو يغمغم في عصبية:

- هناك تفسير لهذا.. هناك تفسير حتمًا.

ثم اندفع خارج الحجرة، فلحق به الضخم، هاتفًا:

- إلى أين؟!

أجابه (بارني) في حدة:

- سأنتزع ذلك الشاب في فراشه، وأجبره على قول الحقيقة، حتى ولو اضطررت لتحطيم رأسه من أجل هذا.

هتف الضخم:

- ولكن الأوامر تحتم أن..

قاطعه في غضب ثائر:
- فلتذهب الأوامر إلى الجحيم.. المهم هو الحقيقة.. الحقيقة وحدها.
جرى الضخم خلفه، عبر الممرات المتشابكة، حتى بلغا حجرة (زاهر)، وأشار (بارني) إلى الجندي الواقف أمامها، قائلًا في حدة:
- أفسح الطريق يا رجل.. سأنتزع هذا الشاب من فراشه، و...
تنحنح الجندي في ارتباك، و هو يؤدي التحية، قائلًا:
- معذرة يا سيّدي، ولكن الشاب ليس هنا.
توقف (بارني)، وهتف في سخط:
- ليس هنا؟!.. ماذا تعني بأنه ليس هنا؟!.. المفترض أن عملك هو أن تمنعه من الخروج.
تنحنح الجندي ثانية، وقال:
- ولكن القواعد تحتم عليَّ طاعة المسؤولين في (ناسا) بالدرجة الأولى، وعندما حضر الدكتور (بروس) وزميله لاصطحاب الشاب، لم يكن بمقدوري منعهما.
انعقد حاجبا (بارني)، وهو يقول:
- الدكتور (بروس) وزميله؟!.. من زميله هذا؟!
هزَّ الجندي رأسه نفيًا، وأجاب:
- لست أدري.. لم أره قط، منذ تسلَّمت عملي هنا.
ازداد انعقاد حاجبي (بارني)، والتفت إلى الضخم، قائلًا في عصبية:
- لست أشعر بالارتياح لهذا الأمر.
ثم أشار بيده، مستطردًا:
- اقلب (ناسا) كلها، بحثًا عن الدكتور (بروس)، وزميله الغامض هذا، وسل عن تلك الاختبارات العجيبة، التي تجري بعد منتصف الليل، وسأستجوب هذا الجندي المهمل، لمعرفة كل التفاصيل..
ثم اطلّ غضب الدنيا كله في عينيه، وهو يضيف:
- وأتعشَّم أن تكون هناك اختبارات حقيقية، وإلا فأقسم بأرواح أجدادي أن أجعل من هذه الليلة كابوسًا في حياة (بروس) وزميله.. بل سأجعلها أبشع كوابيسهما.. أبشعها على الإطلاق..

☆☆☆

انكمش (زاهر) في مقعده، وحملت عيناه أبشع نظرة ارتياع في الدنيا، وهو يحدّق في الدكتور (نجيب)، الذي هزَّ رأسه في أسف، مغمغمًا:
- أعلم أنه ليس من السهل عليك أن تتقبَّل الفكرة يا ولدي، ولكن..
قاطعه (زاهر) بصوت مختنق مبحوح:
- ماذا تعني بأنني لا أنتمي إلى هذا العالم؟!
ثم اعتدل في مجلسه بغتة، وعلا صوته في حدة، مكررًا:
- ماذا تعني بأنني لا أنتمي إليه؟!
وشملته نوبة من الغضب، جعلته يلوّح بذراعيه، ويتقافز في مكانه، هاتفًا:
- ربما لا أنتمي إلى دولتكما.. أو إلى قارتكما، ولكنني مصري.. مصري من (القاهرة).. ومن حي (شبرا) بالتحديد... ألا تنتمي (مصر) بكل أحيائها إلى هذا العالم؟!
تبادل الرجلان نظرة قلقة، وتمتم (بروس):
- كنت أعلم أن الأمر لن يمضي في يسر.
أما (نجيب) فأجاب:
- ليس لدينا أدنى شك يا ولدي، في أنك تنتمي إلى (مصر)، ولكن المشكلة أن (مصر) التي تنتمي إليها، ليست نفسها (مصر) التي نعرفها في عالمنا. صحيح أن للإثنتين تاريخ واحد، وحضارة متماثلة، وفي كل منهما نفس المدن، والأحياء، والأشخاص، وحتى الحيوانات، والحشرات، ولكن كلًا منهما في عالم يختلف تمامًا عن العالم الذي تحتله الأخرى.. عالم نطلق عليه نظريًا اسم العالم الموازي.
اتسعت عينا (زاهر) وهو يتمتم:
- العالم الموازي.. ما معنى هذا المصطلح.. أنا لم أسمع به قط، طوال دراستي في كلية العلوم.
ابتسم (نجيب)، وقال:
- هذا أمر طبيعي يا ولدي، فنظرية العوالم المتوازية ليست بالنظرية البسيطة، التي يمكن تدريسها لطلاب كلية العلوم.. إنها نظرية بالغة التعقيد، تعود إلى أيام وضع (ماكس بلانك) لنظرية (الكم)، عندما قادته معادلاته إلى حتمية وجود عوالم أخرى، قد لا يكتفي بعضها بالأبعاد الثلاثة المعروفة، ولا حتى بالبُعد الزمني الرابع، وإنما يحتم عليها وجودها أن تعتمد على أبعاد خمسة، أو ستة، أو ربما أكثر(حقيقة علمية)
هزَّ (زاهر) رأسه، قائلًا:

- لست أفهم.
أومأ (نجيب) برأسه متفهمًا، وقال:
- فليكن.. دعني أحاول تبسيط الأمر أكثر.. نظريتي تقول: إننا لا نحيا وحدنا في الفراغ الذي يحتله كوكبنا، وإنما تحتل الفراغ نفسه عدة عوالم متوازية، قدّر عددها بسبعة عوالم، طبقًا لدراسات طويلة، وكل عالم من هذه العوالم لا يشعر بوجود العوالم الستة الأخرى، لأنها تختلف عنه في الذبذبة والارتجاج، ودرجة الوصول إلى الحالة المادية. وفي كثير من الأحيان، يلتقي عالمان أو أكثر من هذه العوالم المتوازية، في نقاط تماس محدودة، يختلف موقعها من عالم إلى آخر، ومن وقت إلى آخر، وعند نقاط التماس هذه، تحدث فجوة بين العوالم المتوازية، وعبر هذه الفجوة، يمكن أن ينتقل جسم ما، من أحد العوالم إلى الآخر، لو تصادف وجوده في نقطة التماس، في لحظة حدوثه، التي لا تستغرق في المعتاد أكثر من ثوان معدودة للغاية.. وعبر إحدى تلك الفجوات اختفى (دافيد لانج)، وسقط في عالم مواز، ولم يستطع العودة منه قط، وكذلك حدث لسيدة (الإسكندرية)، ولفرق الجنود الصينية، وعبر فجوات أخرى سقط جندي (مانيلا) إلى عالمنا، وجاءت نقطة التماس بالنسبة لعالمنا في (مكسيكو سيتي)، وكذلك في حالات الأمطار العجيبة، إذ تكون نقطة التماس لعالمنا في السماء، في حين قد تلتقي في العالم الموازي بسماء أيضًا، فتسقط طيور صريعة، أو في بحر، أو نهر، أو مستنقع، ومن هنا تتساقط إلى عالمنا الأسماك والضفادع والتماسيح، أو تلتقي بجبل أو مزرعة، أو أي شيء آخر..
ثم تطلَّع إلى عيني (زاهر) مباشرة، وقال:
- ولكن في حالتك أنت، كنت محظوظًا إلى حد كبير.
اتسعت عينا (زاهر) في استنكار، وهتف:
- محظوظ؟!.. أنا؟!..
أشار (نجيب) بيده، قائلًا:
- بالتأكيد.. لقد حدث التماس بين عالمك وعالمنا بعد دقائق معدودة من دخولك إلى الفراش، واستغراقك السريع في النوم، بعد كل ما تبذله من جهد للبحث عن عمل طوال النهار، وكانت نقطة التماس بالنسبة لعالمك هي المنطقة التي يحتلها جسدك فوق الفراش، أما في عالمنا فكانت سطح

مركز التجارة العالمي.. ماذا كان يمكن أن يحدث في رأيك، لو أن نقطة التماس في عالمنا كانت نقطة عارية في السماء، على الارتفاع نفسه؟!

ارتجف جسد (زاهر) في ارتياع، وتخيَّل نفسه يهوى في الفراغ، من هذا الارتفاع الشاهق، فشحب جسده، وعاد ينكمش في مقعده، ويتمتم:

- كانت ستحدث كارثة.

أشار إليه (نجيب) بسبَّابته، قائلًا:

- بالضبط.. ألم أقل لك: إنك محظوظ؟!

ران على ثلاثتهم صمت رهيب، استغرق ما يقرب من دقيقتين كاملتين، قبل أن يرفع (زاهر) إلى الرجلين عينين مغرورقتين بالدموع، ويغمغم:

- ربما كنت محظوظًا عند وصولي إلى عالمكما، ولكن ماذا عن مصيري فيه؟!.. المنطق والشواهد تقول: إنني سألقي حتفي فيه حتمًا..

تبادل (بروس) و(نجيب) نظرة سريعة، قبل أن يقول الأخير:

- ربما لا يحدث هذا.

ثم اعتدل في معقده، مستطردًا:

- لو نجحنا في إعادتك إلى عالمك.

اتسعت عينا (زاهر) مرة أخرى، قائلًا:

- أهذا ممكن؟!.. أهذا ممكن بالله عليك.. هل..

بتر عبارته بغتة، وجحظت عيناه في شدة، وانطلقت في حلقه صرخة ألم، في نفس اللحظة التي تراقصت فيها على جسده شرارات كهربية مضيئة..

وفي ارتياع، هتف (بروس):

- لا.. ليس ثانية.

أما (نجيب)، فقد أطل الذعر من عينيه، وغمغم:

- رباه!.. الطائرة..

وفي نفس اللحظة، التي نطق فيها عبارته، كانت كل مؤشرات الطائرة تتوقف بغتة، والطيار يفقد سيطرته عليها.. تمامًا.

☆☆☆

كادت أصابع (بارني) تعتصر سماعة الهاتف، من شدة الغضب والانفعال، وهو يتحدث مع رئيسه، قائلًا:

- خدعنا يا سيدي.. ذلك العالم المأفون خدعنا.. لقد هرب مع الشاب منذ نصف الساعة تقريبًا، بمعاونة شيخ خبيث، تؤكد كل الظواهر أنه عالم متقاعد أيضًا.
وصمت لحظة، ليستمع إلى رئيسه، ثم قال في توتر شديد:
- أقسم لك إن هذا ليس تقصيرًا منا يا سيدي.. لقد بذلنا أنا و(سميثي) قصارى جهدنا، ولكن الجندي الأحمق أطاع ذلك العالم، وسمح له بإخراج الشاب.. بالطبع يا سيّدي.. بالطبع.. لقد قمنا بتحريات سريعة ومكثفة للغاية، وتوصلنا إلى أن (بروس) لم يستقل سيارته، وإنما انطلق بسيارة مستأجرة، عثرنا عليها عند مطار خاص قريب، وهذا يعني أنه استأجر طائرة، لتنقله إلى وجهة ما، نبذل قصارى جهدنا للتوصل إليها.
صمت برهة أخرى، ليستمع إلى عبارات رئيسة الغاضبة، ثم قال:
- نعم.. لقد طلبت إحضار واحدة من طائراتنا (السوبر ماستير)، ذات السرعات الفائقة، للحاق بطائرتهم، فور تحديد وجهتها.. بالتأكيد يا سيّدي.. بالتأكيد.. لن أسمح لهم بالفرار قط، مهما كان الثمن.
وأنهى المحادثة، وهو يكاد يشتعل غضبًا وثورة، وعضّ شفتيه غيظًا، مغمغمًا:
- اللعنة!.. أقسم ألا يفوز ذلك اللعين بغنيمته، مهما كان الثمن.
وانعقد حاجباه في شدة، وهو يدير الأمر في رأسه بضع لحظات، قبل أن تتألق عيناه ببريق شرس، ويغمغم:
- نعم.. لن يظفر بغنيمته قط.
لم يكد يتمّ قوله، حتى اندفع الضخم إلى الحجرة، ولهث في انفعال، هاتفًا:
- الطائرة في طريقها إلى جزر (بهاما).. لقد حددنا خط سيرها بالضبط، و(السوبر ماستير) تنتظر للانطلاق خلفها.. هيا أسرع، حتى يمكننا اللحاق بها.
انعقد حاجبا (بارني) في شدة، وهو يقول:
- مهلًا.. هناك خطوة ينبغي اتخاذها أولًا.
والتقط سماعة الهاتف، وأدار رقم القاعدة الجوية الحربية في (ميامي)، وقدَّم نفسه لقائدها، وأخبره بالكود السري الخاص باتصالات الطوارئ القصوى، قبل أن يقول:

- اسمعني جيدًا يا جنرال.. هذا أمر خاص بأمن الدولة، ولا وقت فيه للشرح والتفسير.. هناك طائرة تنطلق الآن نحو جزر (بهاما)، وهذه الطائرة تحمل ما يهدّد أمن (أمريكا) كلها بالخطر.
وازداد انعقاد حاجبيه، وهو يضيف في صرامة:
- حسن.. هذه الطائرة ينبغي إسقاطها.. وبأي ثمن.
قالها، وعيناه تتألقان ببريق مخيف..
ووحشي..

☆☆☆

انتفض جسد الدكتور (بروس) في عنف، عندما فقدت الطائرة توازنها، ومالت على نحو مخيف، وصاح في ارتياع:
- الطائرة تسقط يا دكتور (نجيب).. تسقط في المحيط.
وثب الدكتور (نجيب) في رشاقة مدهشة، لا تتناسب قط مع سنوات عمره، التي تجاوزت السبعين، واختطف حقيبة كبيرة، يحتفظ بها في حرص منذ البداية، وهو يقول:
- هذا أمر طبيعي، فالشاب يعاني نوبة أخرى، من نوبات تعارض الأقطاب، وهذا سيخلق حوله مجالًا كهرومغناطيسيًا عنيفًا، يكفي لإفساد عمل كل مؤشرات الطائرة مؤقتًا.
ثم فتح حقيبته، والتقط منها جهازًا أشبه بجهاز الصدمات الكهربية القلبية، مستطردًا:
- ولكنني كنت أتوقع حدوث هذا.
وألصق طرفي الجهاز بجسد (زاهر)، ثم ضغط أحد أزراره، فصدرت فرقعة قوية، وانتفض جسد (زاهر) في عنف، قبل أن تتلاشى كل الشرارات المحيطة به دفعة واحدة، والدكتور (نجيب) يضيف في حزم:
- وأستعد لمواجهته.
هدأ جسد (زاهر) على الفور، وعادت مؤشرات الطائرة للعمل، واستعاد الطيَّار الماهر سيطرته عليها في اللحظة الأخيرة، وعاد يرتفع بها، عائدًا إلى مساره، وزفر الدكتور (بروس) في ارتياح، مغمغمًا:
- حمدًا لله.. حمدًا لله.. خُيل إليَّ أنها نهايتنا.
أما (زاهر)، فقد تصبَّب عرق غزير على جبهته، وهو يتطلَّع إلى الدكتور (نجيب) بعينين متهالكتين، مغمغمًا في ألم وضعف:

- ماذا يحدث لي؟!

ربَّت الدكتور (نجيب) على كتفه، قائلًا:

- إنه رد فعل طبيعي لخلاياك يا ولدي، فهي تتواجد فعليًا في عالم تختلف ذبذباته تمامًا عن ذبذباتها المألوفة، ومن حقها أن تعلن تمردها وألمها من حين إلى آخر.

بدا الألم في عيني (زاهر)، وهو يتمتم:

- أمازلت تصرّ على قصة العالم البديل هذه؟

ابتسم (نجيب) في حنان، وهو يقول:

- هذا ليس سبة تخجل منها يا ولدي.. الله (سبحانه وتعالى) وحده يعلم أي عالم من هذه العوالم هو العالم الأصلي، وأيها البديل.. ومن يدري.. ربما كان عالمك أفضل من عالمنا، ولكن هذا لن يصنع فارقًا، فالمهم في النهاية هو أنك لا تنتمي لعالمنا.. وهذا يفسر كل الغموض المحيط بك.. ظهورك المباغت.. المنحنيات المعكوسة، التي تصنعها الأجهزة، عند قياس جسدك.. ضرورة عكس أقطاب الأجهزة عند فحصك.. نوبة التقاطب التي تصيبك.. كل هذا لأن ذبذبة جسدك تختلف تمامًا من ذبذبة أجسادنا، مما يربك كل الأجهزة الإلكترونية، التي تتعامل معها.

أومأ (زاهر) برأسه متفهمًا في مرارة، ثم أغلق عينيه، متمتمًا:

- قلت: إنه هناك وسيلة للعودة.

أجابه (نجيب):

- هذا صحيح.

ثم تابع في اهتمام شديد:

منذ أكثر من نصف القرن، ولاهم لي سوى دراسة حوادث الاختفاء والظهور الغامضة، ومراجعة كل المعلومات الخاصة بها، ومهما بلغت دقتها وبساطتها، ومهما بدت للآخرين تافهة عديمة القيمة.. وكان من الطبيعي، بعد كل هذا الجهد، وبعد اختراع وانتشار أجهزة الكمبيوتر المنزلية، بكل ما تحويه من ذاكرة مدهشة، وقدرات فذة على إجراء العمليات الحسابية شديدة التعقيد، أن أتوصَّل إلى مالم يتوصل إليه الآخرون في هذا الشأن.

وتوقف لحظة ليلتقط أنفاسه، قبل أن يقول:

- كل نقطة تماس تظهر في عالمنا مرتين.. هذا أكثر ما توصلت إليه أهمية، بعد أبحاث نصف قرن، خاصة وأنني أستطيع أيضًا تحديد موقع التماس الثاني بدقة، مادامت لدي معلومات كافية عن التماس الأوَّل.

ثم مال نحو (زاهر)، مستطردًا بابتسامة ارتياح كبيرة:

- وهذا ما حدث لأوَّل مرة بالنسبة لحالتك.

بدأ (زاهر) يتعافى في بطء، فاعتدل مغمغمًا:

- كيف؟!

أشار الدكتور (نجيب) بيده، قائلًا:

- إننا نعرف موقع التماس الأوَّل بمنتهى الدقة، فهو سطح مركز التجارة العالمي، حيث عثروا عليك، أما موعده، فلدينا تقدير مناسب للغاية له، إذ إن الوقت ما بين دخولك إلى فراشك، واستيقاظك على سطح المبنى، لا يتجاوز ست عشرة دقيقة وسبع ثوان، ولقد استثنينا الدقائق الخمس الأولى، باعتبار أنك لن تغرق في النوم فور رقادك، والدقائق الخمس الأخيرة، لأنك قلت: إنك لم تسيتقظ مباشرة، وهذا يعني أنه تبقت لنا ست دقائق فحسب، وهذا تقدير أفضل من المنتظر، بالنسبة للوقت.

سأله (زاهر) في اهتمام قلق:

- هل تعني أنك نجحت في تحديد موقع التماس الثاني بالفعل؟

أومأ (نجيب) برأسه مبتسمًا، وألقى نظرة على ساعته، قائلًا:

- هذا صحيح يا ولدي.. ونحن نتجه إليه الآن، وسنصل بعد خمس دقائق ونصف بالتحديد، وسيكون أمامنا ثلاث دقائق كاملة، قبل أن تنتهي حالة التماس، وأظنها تكفي لإعادتك إلى عالمك، لو وصلنا في الوقت المناسب.

بدت اللهفة على وجه (زاهر)، وهو يقول:

- وكيف سيبدو ظهوري هناك.

ابتسم (بروس)، وأجاب هذه المرة:

- أراهن على أنها ستصبح حالة جديدة، من حالات الاختفاء والظهور الغامضة في عالمك.

أومأ (نجيب) برأسه إيجابًا، وقال:

- بالتأكيد.. وهذا هو الاختلاف المؤكد بين عالمينا، فحالات الاختفاء عندكم، ستصبح حالات ظهور لدينا، والعكس بالعكس.. ففي عالمنا مثلًا لم يختف (زاهر مطاوع)، بل هو هنا.. نسخة طبق الأصل منك، بنفس

تاريخك وملامحك وحتى بصماتك، وربما تصيبه الدهشة الآن، لسفره المباغت غير المفهوم إلى (أمريكا)، بناء على طلب سفارتها في (القاهرة)، أما في عالمك فقد دخل (زاهر) إلى فراشه، ثم اختفى، وسيعود إلى الظهور، في فراشه أيضًا، وعلى نحو مباغت.. إنها ستصبح ظاهرة مدهشة في عالمك، ولكنني أحسد العلماء هناك، لأن ذلك سيحمل إليهم تفسيرًا ودليلًا يفتقر عالمنا إليه.

غمغم (زاهر):

- هذا لو صدَّق أحدهم قصتي.

هزَّ (نجيب) كتفيه، وقال:

- سيضطر بعضهم لتصديقها حتمًا، فمن المؤكد أن أسرتك تكاد تجن الآن، بعد اختفائك الغامض طوال هذه الفترة، وعندما تعود على نحو مباغت، سوف..

قاطعه صوت الطيَّار، عبر جهاز الاتصال الداخلي، وهو يقول في توتر شديد:

- معذرة أيها السادة، ولكن هناك طائرتي (فانتوم) تحلقان إلى جوارنا، وجهاز اللاسلكي تلقى أمرًا بالعودة إلى (فلوريدا).

انعقد حاجبا (نجيب) و(بروس) في شدة، وهتف (زاهر):

- رباه!.. كان ينبغي أن أعلم أن الحلم أجمل من أن يتحقق وقال (نجيب) في توتر:

- مستحيل!.. لا يمكننا أن نضيع دقيقة واحدة.. التماس لن يستمر لأكثر من ثلاث دقائق.

وتبادل نظرة عصبية مع الدكتور (بروس)، قبل أن يغمغم هذا الأخير:

- يبدو أنه لا مفر من القيام بالخطوة، التي كنا نخشاها.

قالها، واتجه في خطوات عصبية نحو كابينة القيادة، والطيار يقول:

- معذرة مرة أخرى أيها السادة.. لايمكنني مقاومة مقاتلتين (فانتوم).. أنا مضطر للعودة، و...

اقتحم (بروس) كابينة القيادة في تلك اللحظة، وانتزع من جيبه مسدسًا، ألصقه برأس الطيَّار، قائلًا في صرامة:

- لن نعود يا رجل، واصل سيرك إلى الهدف.

ارتفع حاجبا الطيَّار في دهشة، وهتف:

- هل جننت يا رجل؟.. ألا تدرك ما تعنيه مقاومة أوامر مقاتلتين من طراز (فانتوم)؟!.. ألا تدرك ما يمكنهما فعله؟!

أجابه (بروس) في صرامة أكثر:

- امض في طريقك.

عقد الطيَّار حاجبيه في توتر شديد، ثم التقط بوق جهاز اللاسلكي، وقال:

- من الطائرة (ج-١٠) إلى الفانتوم.. لا يمكنني طاعة الأوامر.. الطائرة مختطفة، وهناك مسدس مصوَّب إلى رأسي.. أكرِّر.. لايمكنني طاعة الأوامر.

مطَّ أحد قائدي (الفانتوم) شفتيه، عند سماعه هذا النداء، وغمغم:

- لا بأس.. أنت لا تمنحنا خيارًا آخر.

ودار بالمقاتلة دورة شبه كاملة، وهو يعد جهاز إطلاق الصواريخ، ثم انقض عليها في شراسة، و..

وأطلق أحد صواريخه.

العودة

"هل جننت يا رجل؟!..".

صرخ الرئيس المباشر ل(بارني) بالجملة، عبر جهاز اللاسلكي في (السوبر ماستير)، في غضب هادر، قبل أن يستطرد في ثورة:

- كيف تطلب من الجنرال (لانجلي) إرسال مقاتلتين؛ لإسقاط الطائرة، التي تقل العالمين والشاب؟!.. ألا تدرك أنك بهذا الإجراء، تتجاوز الحد الأقصى لسلطاتك؟!.. كان ينبغي أن تطلب مني أنا فعل هذا..

غمغم (بارني) مرتبكًا:

- ولكن الموقف لم يكن يحتمل الـ...

قاطعه في ثورة:

- أي موقف؟!.. لقد اتصلت بي بالفعل، قبل أن تنطلق بطائرتنا (السوبر ماستير) خلف طائرتهم، فلماذا لم تبلغني بما تنوي فعله.

ارتبك (بارني) أكثر، وهو يتمتم:

- الواقع يا سيّدي أن الفكرة قد..

عاد رئيسه يقاطعه في غضب:

- الوقع أنك بدأت تعتبر العملية ثأرًا شخصيًا، بينك وبين الدكتور (بروس)، وهذا الموقف عار على من يعملون في المخابرات المركزية.. ليست لدينا عمليات ثأرية شخصية.. إن مصحلة الوطن فوق كل اعتبار.. هل تفهم؟!.. سأحاسبك حسابًا عسيرًا على موقفك هذا بعد أن ينتهي الأمر.

كظم (بارني) غيظه بصعوبة، وهو يقول، ملقيًا نظرة على ساعته:

- فليكن يا سيدي.. فليكن.. ولكنني أخشى أن الوقت قد فات لهذا الحديث، فمع فارق السرعة، بين طائرة خاصة ومقاتلة حربية، أعتقد أن (الفانتوم) قد انتهت من مهمتها بالفعل، في هذه اللحظة.

أجابه رئيسه في صرامة:

- خطأ يا رجل.. إننا نؤمن جيدًا بأن بقاء ذلك الشاب على قيد الحياة، أكثر فائدة لنا من موته، لذا فقد طلبت من الجنرال (لانجلي) الاتصال بالمقاتلتين، وإلغاء أمر التدمير، والاكتفاء بإجبار الطائرة على العودة..

قالها، دون أن يدرى أن المواجهة قد حدثت بالفعل..

وأنه ربما يكون الوقت قد فات..

وبلا رجعة..

☆☆☆

"العملية ألغيت..".

تلقى طيَّار (الفانتوم) هذا الأمر في نفس اللحظة، التي ضغط فيها إبهامه زر إطلاق صاروخه، عبر جهاز اللاسلكي المتطوِّر، فجذب عجلة القيادة بحركة غريزية، هاتفًا:

- اللعنة!

لم تغير جذبته مسار طائرته كثيرًا، ولكنها كانت كافية لينحرف صاروخه، ويتجاوز الطائرة الصغيرة بمتر واحد، ليواصل طريقه نحو مياه المحيط، وينفجر بدوي عنيف، فصرخ طيَّار الطائرة الصغيرة في عصبية:

- أرأيت يا رجل؟!.. أرأيت؟! (الفانتوم) تطلق نحونا صواريخها.

ارتجف الدكتور (بروس) في توتر شديد، بذل قصارى جهده حتى لا يظهر أثره في صوته، وهو يقول:

- قلت لك: امض في طريقك.

هتف الطيَّار:

- ماذا دهاك يا رجل؟!.. لقد أخبروني أنك عالم محترم من علماء (ناسا)، ولست أحد خاطفي الطائرات.

صاح به (بروس)، بكل ما يملأ كيانه من انفعال:

- امض في طريقك يا رجل.. لا يمكننا التراجع.. هل تفهم؟! ليس لدينا ما يكفي من الوقت للتراجع.

ولم يكد يتم عبارته،حتى ارتفع صوت قائد (الفانتوم)، عبر جهاز الاتصال، وهو يقول في صرامة:

- من (الفانتوم) إلى (ج-١٠).. هذا الصاروخ كان للتحذير فقط.. أكرّر الأمر بالعودة إلى (فلوريد ١)، وإلا فسيصيب الصاروخ القادم هدفه مباشرة.

قال الطيَّار في عصبية شديدة:

- هل سمعت؟!.. الصاروخ القادم سيصيب هدفه مباشرة.. هل تعلم ما هذا الهدف؟!.. إنه نحن يا رجل. نحن.

أجابه (بروس) في توتر مماثل:

- لست أعتقد هذا.. لن يجازفوا بقتلنا، مادام أمامهم أمل واحد في استعادتنا أحياء.

ثم ألقى نظرة على ساعته، قبل أن يستطرد بتوتر بلغ ذروته:

- واطمئن؛ فلن يدوم هذا الموقف طويلًا.. لقد بلغنا الموقع المنشود تقريبًا.. هيا.. ارتفع إلى مسافة ألف قدم، وانطلق نحو الشرق في خط مستقيم.. هيا.

في نفس اللحظة، التي تنطق فيها عبارته، كان الدكتور (نجيب) يقول لـ(زاهر) في انفعال:

- وصلنا تقريبًا يا ولدي.. استعد..

سأله (زاهر) في قلق خائف:

- ماذا ينبغي أن أفعل بالضبط؟

أجابه (نجيب) بسرعة:

- ستقفز من الطائرة.

شهق (زاهر) في قوة، وحدَّق في وجهه ذاهلًا مستنكرًا، وهو يهتف:

- أقفز من الطائرة؟!.. هل جننت يا رجل؟!.. هل تطلب مني القفز من الطائرة، من هذا الارتفاع؟!

أمسك (نجيب) كتفه في قوة، قائلًا في انفعال:

- هذا هو السبيل الوحيد يا ولدي.. نقطة التماس ستظهر بعد سبع وأربعين ثانية، بمساحة سبعة أمتار فحسب، على ارتفاع ستمائة قدم من سطح المحيط تقريبًا.. كل حساباتي تؤكد هذا..

وتؤكد أيضًا أنها فرصتك الوحيدة للعودة إلى عالمك، ولو تخليت عنها، ستنتهي حياتك هنا في عالمنا، بعد أقل من شهر واحد.. هل تفهم؟!

وألقى نظرة أخرى على ساعته، قبل أن يستطرد في حدة:

- هيا يا فتى.. هيا.. الوقت ليس في صالحنا.. بعد أقل من أربع دقائق، ستضيع فرصة عودتك إلى عالمك إلى الأبد.. هيا.

قالها، وجذب باب الطوارئ، الذي انفتح في بطء، فارتطم الهواء البارد بوجهيهما في عنف، وحدَّق (زاهر) في الباب المفتوح في ارتياع، قبل أن يغمغم:

- لا.. لن يمكنني هذا قط.

صاح به (نجيب) في غضب:

- بل ستفعلها يا فتى.. إنها فرصتك الوحيدة.

هتف (زاهر):

- وماذا لو كانت حساباتك خاطئة؟!.. سيعني هذا أنني سأسقط في المحيط، من ارتفاع ثلاثمائة متر تقريبًا..هل تعلم ما يمكن أن يحدث عندئذ؟!

صاح به (نجيب) في غضب، والهواء يكاد يدفعه أمامه دفعًا؟!

- ما الذي يمكن أن يحدث؟!.. أن تموت؟!.. وما الفارق بين أن تموت الآن، أو بعد أسابيع معدودة، تحيا فيها كفأر تجارب هنا؟!.. ربما كان الفارق الوحيد هو أنك ستموت، وأنت تدافع عن بقائك.

اقترب (زاهر) من الباب في حذر، وألقى نظرة في خوف، في نفس اللحظة التي ارتفع فيها صوت (بروس)، من كابينة القيادة، وهو يقول عبر جهاز الاتصال الداخلي في انفعال:

- وصلنا إلى الموقع المحدود بالضبط.. إننا نحلق فوقه مباشرة، و(الفانتوم) تحوم حولنا.. أسرعا.. الوقت ليس في صالحنا.

صاح (نجيب) في (زاهر):

- هيا.. اقفز يا فتى.. إنها فرصتك الأخيرة.. اقفز.

هزَّ (زاهر) رأسه في قوة، هاتفًا:

- لا أستطيع.. المشهد مخيف للغاية.

ظهرت في (السوبر ماستير) في هذه اللحظة، وهي تنطلق بأقصى سرعتها نحو طائرتهم الصغيرة، التي دار بها الطيار حول المنطقة، في محاولة لعدم تجاوز البقعة المنشودة، في حين قامت طائرتا (الفانتوم) بمناورة جديدة لمحاصرتها، ومنعها من مواصلة طريقها..

وبكل الانفعال في أعماقه، هتف (بارني)، وهو يشير إلى الطائرة الصغيرة:

- هاهي ذي طائرتهم.. لقد لحقنا بهم.. سنعيدهم إلى (فلوريدا)، وعندئذ..

لم يتم عبارته، فسأله الضخم في توتر:

- أمازلت تصرّ على الانتقام.

ارتسمت على شفتي (بارني) ابتسامة متشفية، وهو يقول:

- لا وجود للانتقام في عالمنا يا رجل.. هل نسيت القواعد؟!

قالها، وعيناه تبرقان في وحشية عجيبة.

وحشية تعني أنه يظهر عكس ما يُبطن حتمًا..

وكانت كل الملابسات توحي بأنه سيحقق انتقامًا، أفضل من كل ما تمناه في أحلامه..

فالشاب يخشى القفز نحو منطقة التماس، التي يمضي وقتها بسرعة مخيفة، والطيار يقوم بدورته الأخيرة فوقها، بعد أن حاصرته طائرتا (الفانتوم) في براعة، ولم يعد بمقدوره الاستمرار، فصاح في حدة وإصرار:

- فليكن يا رجل.. أطلق النار على رأسي لو أردت، ولكن البقاء هنا لم يعد ممكنًا، وإلا فسنرتطم حتمًا بواحدة من طائرتي (الفانتوم).. أنا مضطر للعودة.

قالها، وقرن قوله بالفعل، وأدار عجلة القيادة، ليتخذ مسار العودة، فصرخ (نجيب) في انفعال شديد:

- اقفز يا فتى.. اقفز.. لا تضع فرصتك الأخيرة.

تجمَّد (زاهر) في موضعه من شدة الخوف، وهو يقول بصوت مرتجف:

- لا أستطيع القفز.. لا أستطيع..

اتسعت عينا (نجيب) في ارتياع، وارتجف جسده في انفعال، وبدا له أن الحادثة التي ستؤكد صحة نظريته لن تحدث؛ لأن صاحبها مصاب بخوف مرضي من الارتفاعات، والطائرة في طريقها للابتعاد عن نقطة التماس الوحيدة، التي تم تحديد موقعها بمنتهى الدقة منذ الأزل، و..

وفجأة، اندفع (نجيب) نحو (زاهر)، صارخًا:

- قلت لك: اقفز.

اتسعت عينا (زاهر) في ذعر، وصرخ:

- لا.. لا تفعل.

ولكن (نجيب) انقض عليه، ودفعه أمامه عبر باب الطائرة، وهو يصرخ في انفعال شديد:

- اقفز.

انطلقت صرخة ذعر هائلة من حلق (زاهر)، وهو يهوى من هذا الارتفاع الشاهق مع (نجيب)، وانتفض جسد (بروس) في عنف، عندما رأى المشهد عبر نافذة كابينة القيادة، وغمغم:

- رباه!.. دكتور (نجيب)!..

وفي (السوبر ماستير)، هبَّ (بارني) من مقعده، صائحًا:

- اللعنة!.. ماذا فعلوا!؟!.. هناك اثنان يسقطان من الطائرة!

قفز الضخم من مقعده بدوره، وهو يصيح:

- يا للشيطان!.. إنهما يهويان من هذا الارتفاع الشاهق، و...

قبل أن يتمّ كلمته انتفض جسده الضخم في قوة، وكأنما أصابته صاعقة، وجحظت عيناه حتى كادتا تقفزان من محجريهما، وتراجع في عنف، وهو يحدّق في السماء، في حين وثب (بارني) من مكانه، وشهق شهقة بدت وكأنها قد انتزعت روحه من جسده، من فرط الذهول والانفعال.

فأمام عيونهم جميعًا، وعلى نحو يعجز القلم عن وصفه، تألق جسدا (زاهر) و(نجيب) لجزء من الثانية، ثم اختفيا في قلب السماء.. اختفيا تمامًا..

☆☆☆

"لقد عاد إلى عالمه..".

نطق الدكتور (بروس) العبارة في هدوء عجيب، وهو يجلس داخل حجرة التحقيقات، في مكتب المخابرات المركزية في ولاية (فرجينيا)، فانعقد حاجبا (بارني)، دون أن ينبس ببنت شفة، في حين تنهَّد رئيسه، وقال:

- هل تعتقد أنه يمكنك إقناعنا بهذه القصة يا دكتور (بروس)؟

هزَّ (بروس) كتفيه، واسترخى في مقعده، قائلًا:

- لا داعي لأن تقتنعوا بها، ولكن سيكون عليكم في هذه الحالة إيجاد تفسير آخر لكل ما حدث.. ظهور ذلك الشاب، فوق سطح أعلى بناء في العالم، وكل الظواهر التي ارتبطت بوجوده هنا.. وحتى اختفائه الغامض.

مطَّ الرئيس شفتيه، وتنهَّد مرة أخرى، ثم تبادل نظرة صامتة طويلة مع معاونيه، قبل أن ينقر بأصابعه على سطح مكتبه، قائلًا:

- إذن فأنت تعتقد أن ذلك الشاب قد عاد من حيث أتى، في حين سقط الدكتور (نجيب) في عالم مواز بديل.. أليس كذلك؟

أومأ (بروس) برأسه إيجابًا، وقال:

- بالتأكيد.. وأعتقد أن هذا سيغير مستقبل ذلك العالم البديل، الذي أتى منه (زاهر)، وأنه منذ هذه اللحظة لن يلتقي تاريخنا وتاريخه قط، ولن نصبح أبدًا عالمين متوازيين متماثلين.

سأله الرئيس في اهتمام:

- ولماذا؟!

لوَّح بكفه، قائلًا:

- لقد حصل ذلك العالم البديل على فرصة نادرة، لم يحظ بها عالمنا، أو أي عالم آخر، في سلسلة العوالم المتوازية، ففي هذه المرة لن تكون لديهم حالة ظهور غامضة فحسب، وإنما سيجدون أن الشخص، الذي انتقل إليهم من عالم آخر هو عالم متخصص في تلك الظاهرة بالتحديد، خاض التجربة بنفسه، وحصل على خبرة نادرة في هذا المجال..

انعقد حاجبا الرئيس في شدة، وهو يقول:

- هل تعتقد أنهم سيسعون للاستفادة من خبراته؟

هزَّ كتفيه، مجيبًا:

- حتى لو لم يفعلوا، فلن يصمت هو.. أراهن على أنه سيسعى للالتقاء ببديله هناك، وستلتقى خبراتهما، ليصبحا قوة لا يستهان بها، في مجال الانتقال عبر العوالم المتوازية.

تبادل الرئيس نظرة متوترة مع رجاله ومعاونيه، قبل أن يلتفت إلى الدكتور (بروس)، قائلًا:

- ولكن من أدرانا أن هذا التحالف لن ينقلب ضدنا؟!.. الدكتور (نجيب) سيبذل قصارى جهده للعودة إلى عالمنا، حتى لا يلقى مصرعه هناك. وربما يؤدي هذا إلى أن يكشف نظراؤنا في العالم البديل وسيلة القفز من عالم إلى آخر، ويمتلكوا القدرة على التحكم فيها، مما يهدّد أمن عالمنا وسلامته بخطر الغزو؟!. من أدرانا أنهم لن يسعوا عندئذ لاحتلال عالمنا، والسيطرة عليه؟

صمت الدكتور (بروس) بضع لحظات، وهو يفكر في هذا الموقف..

إنه واثق من أن (نجيب) سيبذل قصارى جهده للقاء نظيره في العالم البديل..

ولكنه يجهل ما يمكن أن يؤدي إليه هذا؟!..

ترى هل سيقفز العلم قفزة جبارة، في العالم البديل، بسبب هذه الحادثة؟!.

أم أنه سيسعى بالفعل لاحتلال عالمه والسيطرة عليه؟!..

بل، والسؤال الأساسي، هو: هل توجد وسيلة لاختيار موعد ومكان نقاط التماس بين العوالم المتوازية؟!.

وهل يمكن التحكم فيها مستقبلًا؟!..

وكيف؟!..

عشرات الأسئلة راحت تعربد في رأسه، دون أن يجد لها جوابًا شافيًا، لذا فقد تطلَّع إلى الرئيس، ورسم على شفتيه ابتسامة، وهو يجيب:

ـ أعتقد أن هذا سيظل لغزًا، يضاف إلى مالدينا من غوامض علمية وخارقة.

وعلى الرغم من ابتسامته، فقد امتقعت وجوههم، وارتسم عليها مزيج من القلق، والخوف المبهم من المستقبل..

وفي ذعر، راح كل منهم يعتصر ذهنه في محاولة لتحليل هذا الموقف الجديد..

الموقف الذي بدا لهم أشبه باللغز..

لغز جديد غامض، و...

ومخيف..

مخيف إلى أقصى حد.

☆ ☆ ☆